TIGER×DRAGON 2!

U0075179

竹宮ゆゆこ

插畫◎ヤス

The Palmtop Tiger

逢坂大河

逢坂大河，人稱「掌中老虎」。
身高號稱145公分（實際測量為143.6公分）。
十六歲，高中二年級生——蠅量級。
「什麼？……你說什麼？」第一印象是瞪視與威嚇；
「擋路啦！滾到旁邊去！」接著是低聲警告；
「啊啊～～煩死了！叫你閃開沒聽到啊！」
……從見面到鐵拳制裁的時間，大約只有十秒。
據說只要給她乳製品，就會暫時平靜下來。
不過起司類的效果比較薄弱。
總之很難抗拒甜點的誘惑就是了……

TIGER×DRAGON 2 !
的美少女

The Super Strange

櫛枝実乃梨

TIGER×DRAGON 2！
的美少女

天才馴獸師．櫛枝実乃梨。四月出生，目前十七歲，同樣是高中二年級。
身為掌控全隊的女子壘球社社長，
獨特的自我步調，無論面對任何困境都不曾改變的個性，
似乎就連敵對的隊伍都感到害怕。
最喜歡「油炸類！」、其次是「紅燒類！」、第三是「快炒類！」
不過清蒸類、燒烤類、涼拌類等種類也都沒問題。
唯一受不了的是「發酵類！」，最近的煩惱則是「噴出類！（註：痘痘）」
目前沒有任何緋聞。

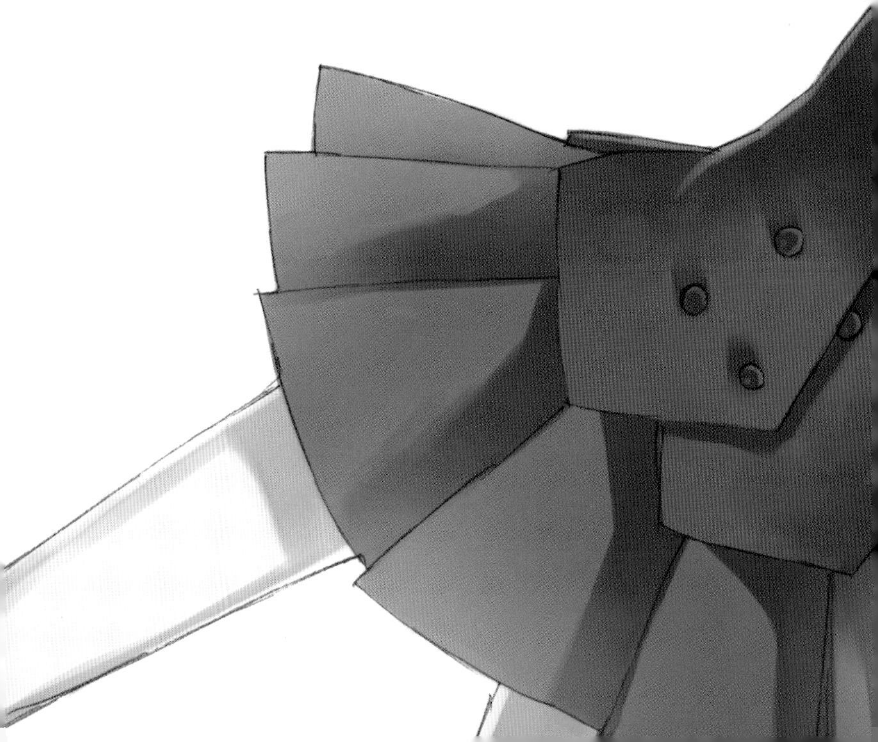

TIGER×DRAGON 2！
的美少女

The Third Girl Strikes

川嶋亞美

身高165公分，體重45公斤。職業是模特兒。
隸屬單位不詳、細節不詳、敵我不詳、真面目不詳——
「咦？啊？難道你找我有事嗎？
啊啊～討厭，一不小心就發呆了，好丟臉喔～！
這樣子又會被大家說我是天生少根筋了啦～！
討厭！人家明明就沒有少根筋，
大家一定是誤會了什麼啦……」
——再說一次，真面目不詳。要小心。

「真是的……盡是些怪傢伙。
你們這些人！要記得誠心誠意地閱讀喔！
另外，我是……算了，接下來你們就……」
「會長自己就夠怪了吧……」
卷末收錄番外篇〈TIGER×DRAGON！
・SPIN OFF！幸福的掌中老虎傳說〉。
P239

TIGER×DRAGON2!

竹宮ゆゆこ
挿畫◎ヤス

1

將近一個星期的漫長連續假期——黃金週的最後一天。

「好閒喔！」

時間是下午一點。

「喂，很閒吧？」

高須家裡一片昏暗，彷彿戶外的大晴天只是假象。南邊的窗子對面，看似伸手可及的高聳大樓與圍牆，擋住眩目的初夏陽光。

即使光線昏暗，屋子裡仍舊一片窗明几淨，到處都打掃得整整齊齊；屋內雖然狹窄，但在住戶的智慧與努力之下，奇蹟似地保有清爽的生活空間。這絕妙舒適與便利的居住環境，全仰賴這位背對著客廳、正在廚房裡收拾餐具的獨生子·竜兒的家事技巧。但是——

「妳有沒有在聽啊？」

別說是一句感謝，就連問話都沒人回應。

竜兒停下正在洗碗盤的手，以異常銳利的視線，轉頭望向躺在背後的米白色物體——那團物體現正懶洋洋趴在矮桌旁，下巴放在對折的坐墊上，表情呆滯，伸出手指戳著一旁的鳥籠縫隙。

小鸚朝著戳進籠裡，好像很好吃的手指指腹啄個不停。這隻黃色鸚鵡的魅力就在於長相醜得可愛。拚命張開的土色喙子、顏色有如腐敗牛舌的小舌頭在喙子間不斷伸進伸出，還有此刻好像快昇天一樣，正在翻白眼的眼皮以人類難以理解的亢奮狀態危險痙攣——那副模樣連身為飼主的竜兒也不敢正視。

「大河……不要再玩了！小鸚有點怪怪的。」

「啊……？哎呀？真的耶？」

總算轉過頭來的米白色物體——逢坂大河終於回神了。正當她準備拔出伸進籠子裡的手指時——

「咦？拔不出來……」

笨蛋……看她歪著脖子的樣子，竜兒只能嘆氣。

「幹嘛啦！現在可不是嘆氣的時候！這下搞不好一輩子都拔不出來了啦！」

大河小小的身體自榻榻米上坐起，一面不高興地唸唸有詞，一面拚命想要把手指從單手抱住的鳥籠裡拔出來。小鸚心想：美食要溜走了嗎？反而更激烈地啄咬大河的手指。

「唔哇……這個舌技……」

柔軟及腰的灰栗色長髮不禁顫抖，身上穿的多重蕾絲連身洋裝輕輕包住她纖細的身材。米白色的蓬蓬裙讓她優雅的姿態更加可愛——

「喂！你在發什麼呆啊？還不是你的鳥害的！趕快處理一下啊！G．I．Y！」

「G．I．Y？」

「大笨狗（註：日文為「グズ犬野郎」，羅馬拚音第一個字母縮寫為「G．I．Y」）。虧我還用那麼委婉的說法——是不是應該要感謝我啊？」

面對突如其來的惡劣態度，竜兒連回嘴的力氣都沒有。如果不說話，大河看來就像個會動的洋娃娃：寶石般閃耀的眼瞳、薔薇花蕾般的薄唇，有如煉乳般甜美的危險容貌——然而她卻是個無可救藥的——

「啊——我累了啦！哼！」

「嘰！」的一聲，鳥籠整個變形——她是凶狠殘暴到無可救藥的猛虎星座。正如她的綽號「掌中老虎」……個子如同能夠擺在手掌上的嬌小，但凶殘程度卻有如老虎。

話雖如此，與之對峙的竜兒在外表上的魄力也不輸她——還在持續成長的身高，以及瀏海之間若隱若現、一般人根本比不上的銳利眼神。雖然體格並非特別壯碩，但是全身散發出來的氣息令人害怕，宛若心中充滿黑暗，最後終究爆發的年輕人。

可是——

「等等等，別弄壞啊！不行！冷靜點！」

竜兒只有外表可怕。為了從老虎手中保住寵物的住處，只好抹乾濕漉漉的雙手，走到大河身邊跪下，試著把鳥籠拉下來——

「痛痛痛痛痛！」

「喔！抱歉！」

一聽到手指被咬住的大河放聲大叫，竜兒連忙放手。不曉得是受到驚嚇還是情緒太過高昂，小鸚竟然把尖銳的喙子戳進大河的指甲縫。

「啊啊啊啊啊啊！」

痛徹心扉的大河不禁大叫，用力把手指從鳥籠縫隙裡拔出來。

握著手指，在榻榻米上安靜了數秒後——

「……痛死了啦……可惡……！」

抬起頭來的大河，眼中不僅帶著些許的淚水，還閃著殺人凶光望向小鸚。似乎也知道自己闖了大禍的小鸚——

「呱哇哇哇哇……」

一邊向上望著大河，一邊喀噠喀噠地顫抖……或許是承受過大的壓力，牠的羽毛開始掉落……竜兒連忙把鳥籠抱在胸前大喊：

「唔哇！小鸚快變成禿鳥了！振作點！打起精神來！你再變醜的話就沒辦法住在一起了！快到那裡避難……真搞不懂大河在搞什麼……」

大河也跟著站起來：

「慢著！你這是什麼意思？我怎麼可能跟一隻鳥認真！」

「那妳幹嘛緊握拳頭！」

「這是為了要扁你！」

她輕輕揮舞緊握的小拳頭，將竜兒逼到牆邊。

「我又怎麼了！」

「我的手指很痛耶！」

「關我屁事！」

大河追著抱住鳥籠的竜兒，在屋裡團團轉。

「唉呀——！」

突然臉朝下「噗通！」倒在榻榻米上——大河被某個從稍微開條縫的紙拉門裡，伸出的白色物體給絆倒了。

而那個白色物體的真面目——

「……為什麼跑出來了？」

竜兒目露銳利的凶光，轉身放下鳥籠。那是竜兒親生母親的美腿——題外話，竜兒並不是在生氣，只是覺得很頭痛而已。

一隻腳從用紙拉門隔間的個人房裡伸出——高須家一家之主的泰子正在沉睡中。在鎮上唯一一家小酒吧．毘沙門天國裡擔任媽媽桑的她，滿身醉意回到家時，已經是早上六點。

「啊——我吵醒她了嗎？」

面對辛苦工作的家庭支柱，即使是身兼任性、性情乖僻與唯我獨尊三種缺點的掌中老虎，也保持捧倒的姿勢低聲說話。

「不——她還在睡，還在睡。」

竜兒壓低聲音，抱起伸出紙拉門的腿，將它推回房間裡時——

「嗯……嗯唔……」

撒嬌的鼻音，接著——

「……嗚咿咿～～！」

「哇啊！怎麼了？」

美腿的主人竟然哭了起來。身穿兒子的國中體育短褲和薄到能夠看到黑色蕾絲胸罩的T恤，棉被上的泰子突然用手指磨蹭雪白的臉頰、開始大吵大鬧——恐怖的是，她今年已經三十三歲了，自傲的豐滿胸部為G罩杯。

「有、有蛋包飯的味道～！小竜和大河妹妹趁泰泰睡覺時偷吃～！嗚咿咿咿～～！」

「怎麼可能！妳那一份我用保鮮膜包得好好地擺在廚房冰箱裡，醒來之後只要用微波爐加熱就可以吃囉！」

「你有用番茄醬在上面寫上泰子的名字ＹＡＳＵＣＯ嗎？」

「沒有。寫了的話，蓋上保鮮膜就糊掉了呀！而且應該是ＹＡＳＵＫＯ才對吧！」

「……唔～嗯……泰泰好睏，別說些太複雜的事情……」

砰！她再度躺回枕頭上，迅速發出輕微鼾聲。因為某種原因成為單親媽媽的泰子，不但家事不行，賺錢能力也是普普通通，性格還算穩重溫柔，只是腦袋裡似乎少了顆螺絲……身為兒子的竜兒每天都在找尋老媽掉落的螺絲。說到這裡，聽說在泰子國三的時候——

『數學的偏差值（註：偏差值是日本用來評量學力的數值。百分之九十九的人都落在七十五到二十五之間）只有十七～！導師看了之後連話都說不出來，只能和泰泰無言的四目相對到日落～』

這是她自己說的。

話雖如此，高須家還算過得去。身為一家支柱的泰子、負責家事的竜兒、寵物小鸚，除此之外還有——

「痛……下巴擦傷了。真是的，這間房子實在太小啦！喂！竜兒，晚餐吃生魚片好不好？我剛剛摔倒時突然想到的——雖然完全沒關係。」

「還真是完全沒關係啊……」

「怎麼樣？我不能吃生魚片嗎！」

她一邊搓著下巴，一邊用大大的眼睛瞪著竜兒——真是隻脾氣暴躁的老虎。雖然他們沒有同居，不過——

「我記得車站前的四得超市，在五點有鮪魚的限時特賣會……」

「那我也要一起去。四點四十五分來接我！我先回家了。」

「咦？妳要走啦？」

「有意見嗎？」

每當假日，他們兩人從中午就窩在一起、晚上也在一起、買東西也是一起……不一起過夜是不成文的規定，不過晚飯之後，兩人一起打瞌睡到深夜也是家常便飯，彼此的關係，就算說是同居也無妨。竜兒的視線在站起身的大河背後游移：

「為什麼要回家啊？有什麼事嗎？反正妳也沒事吧？再多留一會兒嘛！」

就連這麼一小段時間也想要一起度過。大河不耐煩地撥弄頭髮，投來冷冷的視線：

「閒閒沒事的人是你吧！難得天氣這麼好，我差不多該洗衣服了。」

「洗衣服？那種事情只要按個按鈕不就行了？妳家的洗衣機還有乾衣功能，又不需要花時間去晾。不要回去啦，好嗎？」

「嘖！」大河煩躁地瞪著竜兒，眼神像是要殺了面前這個迂迴的厚臉皮傢伙。
「啊～～！煩死了！你到底要幹嘛？有話直說！」
呃——竜兒支支吾吾地：
「……我、我們一起……一起去家庭、餐廳……」
「又要去？」
大河的臉瞬間出現不耐煩的表情，但竜兒沒有因此退縮——
「不過是要妳幫個忙而已嘛！我一個人怎麼去？今天還不是因為妳說要吃蛋包飯我才做的！對了，妳有想過平常為了妳和北村的事，我是多麼的辛苦嗎？稍微幫幫我有什麼關係？就只有要妳幫這個忙而已！」
「啊——吵死了！我要揭穿你！」
「揭穿什麼！」
正當兩人進行無意義的爭吵時，紙拉門另一側傳來：「唔、唔、唔！」泰子宿醉的痛苦呻吟——兩人立刻閉嘴。
「……真拿你沒辦法，受不了。」
最後大河屈服了。
「你要請客喔！還要去買本雜誌……跟你聊天真是……」

「呸！對吧？」沒氣質的吐口水動作充分表現出大河的心情。

即使如此，竜兒也沒有任何怨言。知道了！他很有男子氣慨地點頭，心想：「只要肯陪我去家庭餐廳，出點錢算不了什麼。」

至於為什麼要去家庭餐廳，因為裡面有——

＊＊＊

「來囉！這是您點的！」

菜單裡面不可能出現的優酪聖代「咚！」地放在大河面前。

「加量不加價的香草冰淇淋大河特製版！這可是秘密，別讓其他客人看到喔。」

「小実，這樣好嗎？妳不會被罵嗎？」

「可以可以，沒關係的！因為這個連續假期妳幾乎每天都來啊！這一點小小的『殺必死』不算什麼啦！高須同學也有殺必死喔～～要吃抹茶聖代嗎？不想吃甜食的話，炸薯條如何？我會給你很多很多～超多的喔～！」

「啊，我不用了。」

竜兒揮手表示沒關係、沒關係——但還是無法從飲料吧的咖啡前抬起臉來——應該說是沒辦法睜開眼睛。

因為服務生裝扮的櫛枝実乃梨實在太耀眼了。

光澤的頭髮被綁成馬尾，整個露出的纖細後頸散發出閃亮的光芒；淺橘色的連身洋裝搭配純白色的迷你圍裙——這制服實在是太可愛了。連平常不顯眼的胸部也被薄而柔軟的衣料襯托出來，閃著笑容的臉頰則帶有蜜桃未熟時的誘惑。

低頭藏住自己發熱的臉，竜兒拚命躲開單戀一年的女孩投射過來的視線。他也想看她，卻不能看她……不，是無法看她！這就是戀愛中男人的矛盾心情。

「可是在這個連續假期裡，你們每天都來這裡光顧，還說沒在交往……兩位，這實在說不過去吧？」

異口同聲：「沒有、沒在交往。」

只有在実乃梨再次提起這個話題時，竜兒和大河才會有默契地同時搖頭。

「真～的嗎？」

「真的啦。」

厭煩的大河瞇起眼睛，抬頭看向超級活潑、毫無惡意的死黨。

「小実自己還不是在連續假期裡，每天都在這裡打工，難道妳和店長或廚房的大叔在交往嗎？我們也一樣啊！只不過是一起來這裡，怎麼算是在交往？」

「妳的想法會不會跳太快了？」

「沒辦法，誰教小実要說那種話。」

基本上，官方說法是：「高須與逢坂沒在交往。」但是実乃梨每次都想以半開玩笑的方式推敲出兩人的關係。這對於單戀実乃梨的竜兒來說，是再殘酷也不過的玩笑。

「是是是，我知道啦，老爺子。」

「誰是老爺子！」

「我沒有和店長交往，也沒有和兩天去一次的小火鍋店長、KTV店長交往，也沒有和一大早打工的便利商店店長交往，所以大河和高須同學也沒有在約會——這樣可以了吧？好了！我該回去工作了。」

「妳究竟打了多少工啊？」

竜兒不自覺地開口發問，而且還很自然呢！幹得好！

「這還算有所節制喔！畢竟放假有社團活動，身為社長的我是不能休息的。」

実乃梨突然轉身回答，可是竜兒卻無法繼續發問。大河接著開口：

「妳太操了吧？這麼拚命賺錢，有什麼想買的東西嗎？」

「只要一有時間就要勞動。這就叫『勤勞怪奇檔案』（註：日語發音接近日本電視連續劇《銀狼怪奇檔案》）喔！」

「那、那是啥？」

「就是『復甦的勤勞』（註：日語發音同日本電影《復甦的金狼》）！那我晚點再過來！」

真實身分是特級勤勞少女的実乃梨，只留下這些謎樣的關鍵字，便往廚房走去。目送背影的兩人——

「好厲害……不只長得可愛，而且還很認真，跟妳真是天差地遠啊。」

「什麼意思！」

「妳睡到過中午才醒、連頭髮和衣服都沒整理就跑來我家、吃完午餐後無所事事的看電視、吃完晚餐後又懶洋洋賴到深夜才回家。真是個不事生產的傢伙！」

「哼！」大河抬起下巴一副了不起的模樣說：

「現在是放假，有什麼關係？你自己還不是和我差不多！而且你還漏了一件很重要的事——我現在不是為了你，特地陪你來到這邊了？再說……」

大河用聖代湯匙指向竜兒——

「哇……牛奶加工品飛到眼睛裡了——！」

「我一直很閒還不是你害的？懂不懂啊，嗯？」

大眼睛所流露出來的眼神不是生氣，而是嘲弄。傲慢的大河擺起架子：

「你真好命啊——你有可以幫你見到喜歡之人的我；可是我呢？心地善良的我，卻沒有人願意助我一臂之力！」

「幹嘛兜圈子罵人？放假見不到北村跟我沒關係吧！我不是已經很用心在幫妳了嗎？」

「……」

「不准話說到一半就無視我的存在！」

「吵死了。」

大河逕自說完要說的話後便沉默不語，視線轉往途中書店買的女性雜誌上。可是竜兒無法接受，只能將找不到出口的憤慨跟黑咖啡一口吞下。

那絕對不是我的錯！竜兒想起連續假期第一天下午發生的事——

在大河的催促下，竜兒打了通電話給自己的死黨&大河的單戀對象北村祐作——他和実乃梨一樣，所屬的壘球社在連續假期中停止社團活動三天。知道這件事的大河，要竜兒去問問看他有什麼預定行程。話雖如此，大河根本沒有勇氣找北村出去玩，所以兩人計劃先讓竜兒和北村約個日子，然後大河再於半路上，裝成偶然遇見他們般一起出去玩——這真是個令人感動的計畫啊！

然而，就在緊張到冒出冷汗的大河身邊，電話那頭傳來無情的回答：『啊——抱歉！我也想找一天出去玩，可是學生會和家裡都有事要忙，行程已經排滿啦！』這怎麼想都只是時機不對，沒道理把責任統統歸咎到我身上吧？

「反正還會再見面……而且妳見到他也說不出半句話來——」

「……」

抬起頭的大河沒有發出聲音，表情也沒有改變，只有嘴唇——送、你、下、地、獄！

「不是我自己下地獄……而是妳送我下去嗎……？」

「你聽到啦？耳力不錯嘛。」

「哼！」用鼻子發出冷笑，向竜兒射出比老虎更凶狠的視線。

每當這種時候，竜兒總是會不自覺思考——

為什麼我會和這種傢伙，像現在這樣互相習慣彼此的存在，過著被小看、被藐視的日常生活呢——？

「啊！」

——被大河短促的哀鳴打斷了思考。

「啊——啊！妳在搞什麼啊？笨蛋！」

一滴藍莓醬汁從大河的嘴邊滴落在連身洋裝的膝蓋附近。抱著頭的竜兒拿了面紙快速站起身來，像僕人般跪在大河的沙發邊。在醬汁滲入白色蕾絲之前，得先想辦法擦掉才行。

「唔——糟了……這會留下汙漬嗎？」

「不，還好。回家好好處理，應該可以去掉。」

用杯子裡的水稍微沾濕面紙，全神專注地輕輕擦拭連身洋裝；身旁的大河正在可憐兮兮地呻吟著。再怎麼說，這件連身洋裝的價格，比竜兒平常穿的衣服要貴上二十倍以上……雖然不是竜兒的東西，可是如果把它當便宜貨隨便處置，總會覺得對不起錢神。就算大河剛才再怎麼壞，衣服還是衣服，和他無冤無仇。注意到這一點時，兩人已經回到一如往常的步調——結果就是這樣。

自己和大河總是這樣——在防止汗漬滲入的同時，竜兒不知不覺將目光望向遠方。

兩人的關連只是彼此單戀對方的死黨，但卻因為一些偶發事件而讓關連更加明顯，最後竟變成這種奇妙的共同奮鬥關係……雖說幾乎都是往對大河有利的方向奮鬥，不過會變成這種關係也是命運的安排。

一個人生活的大河在生活方面完全依賴竜兒；而天生就愛做家事、愛乾淨的竜兒也沒拒絕她，甚至連複雜的家庭環境都莫名的契合，關鍵就在於——

大河的笨手笨腳。

眾人害怕的掌中老虎出人意料的一面，也是危險到無可救藥的一面——世上就只有竜兒一個人知道，所以竜兒非得看著大河。如果放任她不管，這傢伙可能會一天跌倒個三次。只要她在身後，就會忍不住回頭望；只要她一用火，就會忍不住開口提醒；沒幫她準備好的話，甚至連飯都沒得吃；當她把身體搞壞時，又會忍不住想要照料她的日常生活。

不僅如此，他還恰巧目擊氣氛難以言喻的告白場面、也意外知道她愛流淚。
各種巧合累積的絕妙平衡，讓竜兒與大河一起吃飯、一起上學與一起買東西，雖然彼此沒有特別的好感，不過這種奇妙的關係卻讓兩人很安心。
而且對竜兒來說，他認為兩人在一起還有一個原因：竜兒是龍，大河是虎——自古以來龍虎就是一組的。
「啊！」
再次滴落的藍莓醬汁打斷竜兒的思考——
「好危險啊！妳幹嘛又把醬汁滴到我正在擦的位置啊？滴在手上不就好了嗎？」
「你很囉唆耶！我又不是故意的。而且我又沒有拜託你幫我擦。」
「妳說什麼？我不幫妳擦的話，妳會弄嗎？不會對不對？話先說在前頭，我可不是為了妳才擦的，我是為了這件連身洋裝！」
「喔～原來如此～喜歡的話就給你啊！要不要穿穿看這件洋裝啊？」
總之……演變到這個地步都是因為竜兒忙中有錯。
即使如此，竜兒還是不希望眼前這件高價衣服輕易沾上污漬。他的眼神猶如被判刑十年的累犯（可能有點不爽），不在乎旁人目光，再度埋首於除漬作業。這時——
「啊！」

「妳又幹了什麼！」

大河不小心脫口而出的聲音，讓竜兒反射性抬起頭。

「不是啦，這個好可愛！我要買，我一定要買！」

大河一面小聲說著，一面將雜誌稍微折起一角。

「又要浪費錢了。妳要買多少衣服才甘心啊？老是買些輕飄飄又蓬鬆的衣服。妳要買哪一件？多少錢？」

「你真的很煩耶！你是我老媽嗎？」

「反正最後整理的人是我，我當然有權過濾。」

竜兒起身坐到大吵大鬧的大河身邊，看向她正在閱讀的雜誌頁面——坐在一起的兩人看起來感情很好。前一天拚命整理大河房間衣櫃裡，滿出來的大量高價衣服的鮮明記憶，至今仍留在竜兒的腦海裡——所以我有阻止她隨意購買沒用物品的權利！

「妳、妳要買這個？這個……該怎麼說……」

大河表示「我一定要買！」的雜誌頁面上，只見長腿模特兒穿著窄牛仔褲，正擺出美麗的姿勢。雖然不是輕飄飄或蓬鬆的衣服，可是竜兒不由自主偏著頭：

「我是為妳好才說的喔……妳穿這個的話，褲管應該可以拖地了吧……」

大河的身高只有一百四十幾公分，只要推估一下就知道腿有多長。然而——

「我想要的、是這個、包包、喔！」

唰……大河的手指在雜誌模特兒手中的包包上畫圈。

「啊、啊……這樣啊。」

「腿那麼短真是抱歉啊！」

大河異常平靜的平板聲調聽來反而更加恐怖，竜兒不禁準備轉身逃跑。大河瞇起凶猛的眼睛、嘴角上揚，臉上的笑意更深了：

「等一下！喂，冷靜點……這可是櫛枝工作的地方……此乃將軍府是也……」

「你在說些什麼？別開玩笑了！我才不吃你那一套咧！既然知道自己說錯話，先道個歉如何！」

大河猙獰地皺起鼻子——竜兒不擅長開玩笑，一點效果都沒有。慘了！她真的生氣了。竜兒當然也想早點道歉，可是——

「呃……」

「反正我就是短腿的矮子！可是我又沒妨礙別人！」

大河揪住竜兒的衣襟，猛烈地前後搖晃。別說是發出聲音，就連呼吸都辦不到，只能手忙腳亂拍著桌子，拚死傳達「投降、投降！」

大河突然把手放開。順勢倒在沙發上的竜兒咳個不停：

「我、我……我說真的！總有一天我會被妳殺死！」

「哇、哇、哇……」

大河嘴半開，雙眼像小孩子受到驚嚇般圓睜。竜兒不斷點頭，看樣子她總算對自己的暴力行為有所自覺了……

「對吧？妳自己也嚇到了吧？學到教訓的話就別再勒住別人的脖子……」

「啥？你在說什麼！才不是咧！那、你看、這邊！」

大河不耐地瞪著竜兒，手指指向剛才的頁面「你看、你看！」

「我知道妳想要這個包包啊？」

「不——是啦！這個！這個人！」

粉紅色的指尖，指著一位翹起纖細長腿的美女——不對，是美少女。在全黑的冷酷背景中，身穿價值數萬的細肩帶上衣以及更昂貴的牛仔褲，微卷的頭髮隨風飄揚，是個相當美麗的模特兒。不過身為模特兒，美麗也是理所當然的。總之就是很普通的頁面。

正打算開口發問「這又怎麼了？」的瞬間，頭被用力抓住——

「痛痛痛痛！」

竜兒的腦袋順勢轉了一百八十度，臉被扭到背面——

「喔……」

不禁發出讚嘆聲。

女服務生領著剛進來的客人，在距離竜兒與大河座位不遠之處就座。

在有點嘈雜的店裡。

看到那名客人的不只大河與竜兒，其他客人也紛紛轉頭竊竊私語，幾乎所有人的視線都投向那名客人。

首先引人注目的，是讓人聯想到小鹿的纖細修長身材——

身高看起來不高，不過嬌小的臉龐造就八頭身的黃金比例。

極度講究、小心呵護的柔亮飄逸頭髮，沒有被整理的太過整齊，而是自然散落在肩上。

有如孩子般嬌小的臉蛋上，戴著好萊塢貴婦戴的大型太陽眼鏡。每個步伐都是那麼優雅，穿著細跟涼鞋的腳踝彷彿雕像般完美。

一般人沒有的纖細手腳，配上合身的窄牛仔褲與極簡風格的針織衫，比任何打扮都要閃亮。肩膀上的名牌包包，還有潔淨的雪白肌膚，在在訴說她並非常人。

簡單來說，她是個超級美人。沒有人能夠從她極引人注目的外表移開視線。

當她若無其事拿下太陽眼鏡時，全店立刻被一股異樣的興奮給包圍。

「喔喔喔喔……」

竜兒也跟著叫了起來，銳利的視線不自覺發狂似地目不轉睛。

眾人面前的閃亮美貌，因為濕潤的雙瞳增添了幾分孩子氣。

小小的臉上鑲著兩顆奇蹟般的大眼睛、潤澤的臉頰染上一層粉紅、溫和輕鬆的表情既優雅又甜美，與洗練造型的外表反差，更加引人注目。

全身上下清純的模樣，無一不惹人憐愛；溫柔婉約又穩重的態度，簡直就像是博愛的天使降臨這間家庭餐廳，散播美的光芒給現場的凡人，頭上似乎還可看見眩目的光圈。

而且那美麗的外表總覺得——

「就是這個人……」

「嗯……」

和大河指的頁面上是同一個人。

「是模特兒耶……」

竜兒深深嘆了口氣。有生以來第一次看到「模特兒」，在雜誌上看起來不過是隨處可見的美女，沒想到本人那麼耀眼奪目。讓人不禁覺得，世界上有人長的這麼美麗真的好嗎？

「那個人叫『川嶋亞美』，上上個月還上過雜誌封面。」

大河也難得興奮到滿臉通紅，有點得意地告訴竜兒。

「這樣啊……啊～搞不好我會迷上她……川嶋亞美……為什麼會跑來這個什麼也沒有的住宅區呢……」

「前陣子雜誌上介紹過，她媽媽就是女演員川嶋安奈喔！」

「喔喔喔～不就是昨天晚上才看過……『伊豆是個好地方殺人事件・草原犬鼠溫泉的誘惑・勝利犬女法醫夕月玲子系列4』（註：「草原犬鼠溫泉」是指冬天的伊豆溫泉，會有草原犬鼠泡溫泉的景觀。另外日本稱年過三十未婚無子女的女性為「鬥敗犬」，相對的「勝利犬」表示已婚育有子女的女性）那個夕月玲子的女兒嗎……這麼說來的確有幾分神似。好！用手機照張相——」

「住手！小心等等被罵！」

「也、也對……總之，先冷靜下來吧。好像有點太HIGH了。」

「哼！死老百姓。」

「妳自己還不是很HIGH！」

兩人並肩坐在沙發上，一起深呼吸。

「不過……還真是看到好東西呢！」

「這是這段連續假期中唯一值得回憶的事。」

兩人一起點點頭，同時拿起自己的杯子——竜兒是咖啡，大河是奶茶。正當他們準備喝下的瞬間——

「祐作～！伯父、伯母，他們說我們的位子在這邊～！」

「好！」

「噗！」

兩人同時噴出口中的飲料。

咳咳咳！交情很好的兩人一起被嗆到，一口氣差點接不上來。那也是當然的，突然出現眼前的模特兒美女，竟然親密叫著兩人都很熟悉的傢伙……

「為、為、為什麼……這是怎麼回事！」

「北、北、北、北村同學？不會吧、不會吧，為什麼？怎麼會這樣！」

莫大的震撼讓竜兒激動的拿起面紙擦拭桌子，而一旁的大河也緊緊抓著竜兒。大概是發現到他們兩人——

「咦？這不是高須和逢坂嗎？還真是巧啊！怎麼緊靠在一起？你們兩個感情還是一樣那麼好啊！」

北村祐作以理所當然的表情走進店裡，並且揮揮手走了過來。竜兒眼中有如刀刃反射的光芒因過度震驚而益加銳利；大河則是完全沉迷在自己的感情之中，一句話也說不出來。不過不在意的北村繼續說：

「聽說櫛枝在這裡打工，你們有見到她嗎？」

從頭到尾都沒有停下腳步。

「嗯，我們有見到櫛枝……不對啦！」

竜兒的臉有如比叡山的僧兵（註：比叡山位於日本滋賀縣，為天台宗根據地。在日本戰國時代曾以僧兵眾多聞名，後來被織田信長消滅）般嚴肅，激動地逼問若無其事的死黨：

「你……這究竟怎麼回事？為什麼、那個……」

「嗯？啊！我忘了，正好為你介紹一下。那是我爸媽。高須和家母曾在畢業出路會談時見過面吧？」

你好啊，高須。令堂可好？——北村的雙親朝這邊點了個頭。雖然對他們很不好意思，可是——

「不是啦！不是那個！」

竜兒用力搖起頭：

「不是那個，是、那個、那個、你看，那個！」

不擅表現情感的竜兒全身搖個不停，想要讓好友知道他的激動。

「怎麼了，祐作？」

「喔！我正好要介紹妳。」

——大事不好了！

震撼的來源自己走到竜兒與大河面前。她的身上彷彿圍繞著閃亮的光粒子，還有一股甜甜的香氣撲鼻而來。

「她是川嶋亞美。雖然看起來這副德性，但是和我同年，以前也住在這附近。在她搬家之前，我們一直都是鄰居——也就是所謂的青梅竹馬吧。」

「什麼叫做『看起來這副德性』？」

雖然正在微笑，可是臉頰稍微鼓了起來，邊鬧彆扭、邊開玩笑地瞪著北村的模樣，就像個普通女孩。在竜兒的面前、活生生、實際存在、立體的真人——

這情景多像是奇蹟啊……但北村完全不以為意，繼續說：

「不過是口頭上的措詞而已。這兩位是我的好朋友，高須竜兒與逢坂大河。」

北村向天使介紹這並肩坐在同一張沙發上的詭異雙人組。天使・川嶋亞美立即笑著說：

「你們好！我是亞美，請多指教！」

然後伸出兩隻毫不設防的手。

竜兒目不轉睛盯著那雙美麗的手……不，是看呆了，呆滯到無法理解對方伸出手的意思，渾身僵硬——

「握個手吧！祐作的朋友也是我的朋友！」

手溶化了——從手心開始溶化。

「啊、啊啊、啊……」

川嶋亞美拉起竜兒放在桌上的手，輕輕握在自己手裡。她的雙手好冷，隱約碰到的戒指更冷……

「咦？嗯？那個該不會是……」

她毫不遲疑放開發呆中的竜兒，美麗的手指指向桌上的雜誌——

「呀——！」

隨著嬌羞的叫聲，亞美連忙抓住雜誌，見不得人似地緊抱在胸前。低著小小的臉蛋，一面掩飾胸前的雜誌，眼中閃著燦爛光芒，一面向上偷瞄。小聲說：

「討厭……！怎麼這麼巧……怎麼會這樣？該不會……啊啊！討厭，你們知道了嗎？我就是這個……那個……上面的……應該說……被你們知道我在做這種工作……」

在閃爍的眼中搖曳的煩惱，似乎是出自真心——被一箭穿心的竜兒發呆一會兒之後心想：她在說什麼啊？

就算沒看到雜誌，光是亞美的外表，任誰看到都會想起模特兒月曆吧？反而是亞美自認大家都沒發現她是模特兒這點，才讓人覺得莫名其妙。該不會是亞美對自己過人的外表沒有自覺吧？

竜兒濃縮這個想法，努力擠出一些話：

「不……從看到妳開始……就覺得妳是個模特兒……」

這種說法未免太冷淡，卻是竜兒唯一說得出口的話。不過亞美——

「咦——？騙人！」

發出不可思議的叫聲，睜大眼睛、歪著脖子。

「怎麼可能！我明明沒化妝，穿著也很隨便……這種樸素的裝扮哪裡像模特兒？」

看來她一點都不了解自己。這個天使該說是天真無邪呢？還是單純呢？

「你看，我的頭髮還是剛睡醒亂糟糟的樣子，起床之後沒整理就出門了！為什麼呢……真奇怪……搞不懂……」

竜兒看到她深思的表情，隱約明白原因為何：天生美貌的人，不會懂得美麗的珍貴。不過或許因為如此，她才能始終保持單純吧？正當竜兒沉浸在自己的思考裡時——

「啊！」

亞美的指尖突然指向竜兒的鼻子。

「你是不是覺得我天生少根筋？」

「呃……」

亞美鼓起雙頰，以惡作劇的眼神瞪著因為受到驚嚇而僵住的竜兒——我的確有想，可是意思好像不對……不，以現在的情形來看還滿符合的。

「我知道了！你一定是那麼認為吧？」

亞美的眼底正蕩漾著笑意。竜兒不禁被她牽著鼻子走，順勢點個頭。

「我就知道！」

啊——她發出撒嬌的抱怨聲，鬧脾氣地嘟起嘴。

「真討厭，每個人都這麼說：『亞美真是少根筋啊～』為什麼？我明明就沒有少根筋，大家為什麼要這麼說我……老是擺出一副不耐煩的樣子，祐作也是這麼想的吧？」

「就說了沒那回事啊！」

無端捲入爭端的北村只能聳聳肩，苦笑了一下。似乎一直在等待適當時機的他，輕推亞美的背：

「走吧，該回座位去了。爸爸正因不能點菜而傷腦筋呢！」

「啊！對喔！不能讓伯父他們久等。」

北村向竜兒兩人舉起手，表達自己的歉意：

「我爸他們只是來吃個飯，吃完就會回去了。高須和逢坂還會再待一陣子吧？晚一點我們再聊囉！」

「啊、好。」

「待會見囉！」

揮手轉身的亞美，動作實在太美了！這種想法有如洶湧的波濤，持續不斷湧來。

已經累到全身無力、靠在沙發上的竜兒，還是目送離去的死黨與亞美，直到他們入座。

「唉……」

不知第幾次嘆氣。

長得漂亮，加上母親又是知名女演員，可是卻一點架子也沒有，徹頭徹尾的單純。清澄的心裡完全沒有意識到自己的美麗。雖然生性有點笨拙，不過正好為她的可愛加分。這個世界上竟然有這樣的女孩，真是……完美到不行！

和某位同樣也是美少女，可是個性異常凶暴、性格極度扭曲到令人掉淚的掌中老虎硬是不同——說起來根本不該把她們兩人擺在一起比較。

「北村竟然有那麼棒的青梅竹馬……那個川嶋亞美，雖然是個藝人，不過看起來卻是個好女孩。長得美個性又好……妳稍微學學人家吧！喂，大……」

「……」

「大……河？」

「咕嚕」一聲吞下口水，竜兒的屁股往外一滑，順勢離開大河身邊，裝做若無其事挪到對面的位置。

這才發現自己忽略身旁那隻無聲低吼的老虎。還在想她怎麼變得那麼安靜——才沒這回事！原來心情極差的肉食性猛獸只是潛伏在草叢裡，準備捕捉獵物。

此刻的大河身體散發著騰騰殺氣，彷彿已從草叢中跨出一步——細緻的漂亮臉蛋變得有如惡鬼、足以撕裂肉體的野獸獠牙自微咧的嘴唇若隱若現、大眼睛射出炯炯凶光、薄薄的眼瞼半張，死命盯著亞美的背影。嬌小的身體藏在沙發裡，但是驕傲的下巴卻高高抬起——大河的心情差透了。

姑且不提她和天使之間的差距，不過竜兒還是忍不住說句話：

「妳……怎麼了？幹嘛這樣？別因為出現和北村關係密切的美少女，就因此感到煩躁啦！剛剛不是還很興奮、很開心的嗎？」

「不是……」

彷彿野獸正在舔嘴的不祥低沉聲音。

「才不是因為那種無聊事咧！不是那個關係……」

然而大河話只說到這裡就停了。撥了一下頭髮，小聲地呼口氣。竜兒知道老虎心中的緊張情緒已經解除。

「算了，沒差。」

大河面向竜兒，散發神經質光芒的眼睛似乎在冷酷無情的笑容裡消失無蹤：

「在意那種傢伙？太無聊了吧？就算你再笨，好歹也看得出來吧？」

「看得出什麼？」

「我對那種人特別敏感。總之給你點提示吧——自己說自己『常被人家說少根筋』的人，沒有一個是真的。」
「真的嗎？」
「隨便啦！真是的！」
「哼！」大河得意地動動玫瑰色的唇，不再望向亞美。竜兒心想：心情那麼差卻不說要走，看來她還是想和北村說點話吧。

從大河臉上的表情很難判斷她心裡在想什麼，總之她一直用那副表情翻閱雜誌；竜兒則是心神不定的瀏覽雜誌附錄別冊「便當配菜食譜」。大概過了半個小時左右——
「唷！我爸媽已經回家囉。」
北村全身上下穿著UNIQLO（註：日本知名的平價服飾品牌）風格的服飾，和閃閃發亮的模特兒美少女一起來到大河與竜兒的桌前。亞美只要在店裡稍加移動，店內客人的視線就不免被她吸引。
「久等了！」
站在北村身後一步的亞美臉上浮現天使笑容並對竜兒揮手，竜兒不禁被她吸引，也朝她

舉手揮舞──

「心情很好嘛……簡直就像正在搖尾巴的哈巴狗……」

大河冷冷一句話，讓竜兒感覺自己好像做了什麼丟臉的事，連忙放下手。

由於說不出「川嶋同學坐我旁邊、北村就坐大河旁邊吧！」所以自動變成男生坐一邊，女生坐一邊。

竜兒身旁的北村翻開菜單，對亞美說：

「亞美，時間上還可以吧？還要點什麼嗎？」

「不用了，剛剛已經吃很飽了……你們兩個呢？」

話題突然轉到自己身上來，竜兒嚇得抖了一下肩膀；大河更是無法正視穿著便服的北村，只能僵硬地低下頭，盯著自己的膝蓋。

「呃、呃……我們……大河要、要吃什麼？」

嗯嗯嗯，大河搖了搖低下的頭──話題結束。接下來該怎麼辦？該說什麼好呢？

竜兒的眼睛充滿期待，等著認識所有人的北村繼續下一個話題。這恐怕是這輩子唯一一次與模特兒同席，所以應該要好好熱鬧一下、留下美好的回憶。

沒想到──

「啊──剛剛招呼家人真是累啊。抱歉，我去一下洗手間。」

態度一如往常輕鬆的北村，完全不顧現場接下來的氣氛離開了座位。

「咦？等……」

竜兒急急忙忙伸出手，不過還是說不出「不要走！」

看看大河——低著頭的她簡直跟石頭沒什麼兩樣。

看看亞美——微笑的她正不解地偏頭看著舉止詭異的竜兒。

不行，我不知道該如何維持氣氛——於是竜兒也假裝若無其事的搔搔頭：

「啊！我也想去洗手間……那個……洗手間在哪裡呢……」

他連忙跟著北村，兩個人一起到洗手間。

竜兒當然也有考慮拋下那種狀態中的掌中老虎和亞美獨處，會不會有問題……但還是沒出息地敗給緊張感。自己原本就不擅長說話，再加上對方是女孩子，而且是超級美少女模特兒——竜兒根本沒有信心能夠炒熱氣氛，偏偏這種時候大河又派不上用場。

竜兒快步追上邁向洗手間的北村，無法回頭窺探剩下兩個人的座位。再沒什麼比現在的樣子更沒出息了！可是……沒辦法，還是先專心解決廁所的事吧！

但是來到廁所門前，北村突然轉身——

「好樣的，果然來了。」

「怎、怎麼回事？」

「我就知道你會跟來。」

北村推推銀框眼鏡，小聲地如此說道。北村對著眼中閃著「這到底是怎麼一回事？」光芒的竜兒招手，兩人躲在香菸販賣機後面。

「我有事問你，你要老實回答。」

北村的杏眼直直看著竜兒，然後很直接地問：

「高須覺得亞美如何？」

「你……不是要上廁所嗎？」

「上不出來。」

北村臉上的表情很認真，看來真的是為了想和竜兒說話才假裝要上廁所的。不曉得問題的用意是什麼，但並非不能回答，也沒有不想回答的理由。

「也沒有什麼特別的……你不要突然帶個那麼可愛的女孩子出現行不行？害我緊張得不知該怎麼辦才好！」

「嗯，我承認她很可愛。」

「豈只是可愛，簡直是完美到不行。該說是單純嗎……單純到可怕的地步。」

「嗯……」

緊鎖眉頭的北村吞下原本想說的話，用手推了推眼鏡，順便揉一下疲倦的眼睛，接著緩慢推著竜兒的背。

「跟我來一下……」

「喂！要去哪裡？廁所呢？不回座位嗎？」

「沒差啦、沒差啦……總之先蹲下！」

兩人低身彎腰躲進觀葉植物的陰影，朝與廁所相反方向的座位前進，再潛身躲入分隔吸菸區與禁菸區的屏風陰影。搞不清楚狀況的竜兒也只好跟著他一路躲躲藏藏。繞了一大圈，兩人來到了大河與亞美的正後方——這位置既能夠清楚看到座位上的兩人，又是兩人視線的死角，不會被她們發現。

「喂！你想幹什麼啊？這樣很變態耶！」

「別吵……閉嘴看就對了！」

北村手指的前方，亞美慢慢交叉雙腿，張開雙臂放在椅背上。

「啊——好累喔。喂喂、亞美美喉嚨好乾喔！幫忙拿個冰紅茶吧？」

亞美輕撥美麗的頭髮，手撐著臉頰，看來很疲倦的樣子，然後將面前的玻璃杯隨意推到大河面前。

「……」

大河只是瞥了杯子一眼，表情不變地將視線拉回膝蓋上。「嘖！」發出這種聲音的人不是大河，是亞美。

「嗯？真沒用！一副陰沉的樣子……態度又差。隨便啦！反正等祐作回來再叫他幫我拿。或是叫那個眼神凶惡的怪傢伙去也行。那傢伙看起來就是一副只要是亞美說的話都會聽的樣子。」

一邊用甜美的聲音說話，一邊咧了一下草莓色的嘴唇。即使如此，還是無法破壞那副清爽美麗的容貌。然後她連瞧都不瞧如洋娃娃般不發一語的大河一眼，逕自繼續說道：

「喂，那是妳男朋友啊？」

「……」

「亞美美可以把他搶走嗎——雖然我用不到。」

「……」

「對了，那個眼神——這個時代還有不良少年啊？妳竟然能夠和那種笨蛋交往，亞美美真是服了妳～」

「……」

大河仍舊沒開口，只是一直盯著亞美。

「哎！也對啦，在這種什麼也沒有的鳥地方，頂多只有那種水準的傢伙。啊——真是遜、斃、了～」

亞美像在唱歌一樣自顧自的說完之後，也不管大河回不回應。粗魯地拉過名牌手提包，找出鏡子，開始凝視自己可愛的臉龐。徒手整理頭髮、仔細塗上透明唇蜜、看看表情、再看看側面、再度回到正面……「亞美美真是可愛！」開心地說完之後，滿意的笑了。

「啊——好想去大玩特玩……妳和那種男朋友平常都在幹嘛？飆車嗎？」

「他不是我男朋友……」

壓抑情緒的大河低聲回答——只要是認識大河的人，聽到她這種聲音都會發抖。

「啊，是～嗎？是不是都無所謂啦～不過也對啦，都什麼時代了還裝出一副不良少年的樣子……再怎樣沒常識也該有個限度嘛～亞美美很受不了那種搞不清楚狀況的傢伙呢～」

從頭到尾始終盯著鏡子的亞美，臉上露出瞧不起人的笑容——突然間又以沒禮貌的視線看著大河：

「喂，妳身高多高啊？我現在才注意到，妳怎麼那麼矮啊？」

「……」

亞美從頭到腳打量大河，驚訝地挑眉：

「哦——原來有在賣這種尺寸衣服的店呀。不過買牛仔褲時應該要改短褲管吧？亞美美從來不用改，所以不懂啦！」

「——那就是她的本性。」

「本、本性？」

「對。就是亞美上幼稚園前的性格。愛撒嬌、任性、粗暴，標準的驕縱大小姐。」

竜兒一面發抖，一面盯著死黨的臉，手裡的觀葉植物葉子也被他捏爛。

「怎、怎麼會有人個性那麼差……什麼『亞美美』？太恐怖了！簡直是惡魔！」

「對吧？」

這輩子從來沒看過這樣的女孩子……不，班上或許有，只是基本上竜兒很少接觸女孩子，所以不曾親眼見過。他只知道一起生活的大河性格很差勁，可是和亞美的性格惡劣完全不同。竜兒覺得大河比亞美好多了——也許是因為明白大河的骨氣所以有些同情她吧？

「亞美只有表面上對人不錯，不過個性有問題……只要是她不在乎的對象，就會露出真實的性格。至於她不在乎的對象，大概就是同性吧？」

「當、當模特兒的女孩子個性一定要很糟才行嗎……？」

「我認為問題出自於當了模特兒之後才出現的『表面性格』。我個人覺得，如果她的性格差距沒有那麼大、又能夠表裡如一的話，個性惡劣也不錯。」

「那樣的話……又會如何呢……」

讓竜兒歪著脖子思考死黨的話，接著進一步探出身子——

掌中老虎怎麼了？

「大河就這樣任由她胡言亂語、都不反駁一下嗎？」

快告訴她我不是不良少年！竜兒緊咬嘴唇、凶惡的雙眼閃閃發光，來回看著兩位美少女。大河依舊沉默，臉上的表情很平靜。

「那、那傢伙該不會因為對方是北村的青梅竹馬，才會這麼客氣吧？」

「客氣」是最不適合逢坂大河的兩個字，不過只要事情和北村有關，大河就會變得很沒用。一定是這樣吧？否則我就搞不清楚大河為什麼要如此沉默——就在竜兒很滿意這個答案的瞬間——

「一切到此為止」的景象在竜兒眼前發生。這在一般用語裡，又稱為「打耳光」。

「……！」

亞美撫著臉頰，眼睛瞪得老大，一句話也說不出來。

「蚊子……有蚊子。」

亞美身旁那隻瞬間露出獠牙的老虎淺淺一笑，紅色的舌頭稍縱即逝。

「幸好沒怎麼樣，要是吃飯的傢伙被蚊子叮了還得了。哎呀，這是蒼蠅！」

「啊——！」

大河在亞美面前張開手心，只見四分五裂的小蒼蠅慘死在她掌下。看到屍體的亞美臉色開始愈來愈紅。接下來當然就是——

「妳、妳、妳幹嘛這樣啦！」語氣激昂的大叫。

「哼！」亞美的驚慌模樣讓大河發出冷笑：

「我可是好意耶！真是不知感恩的女人。」

「好、好意——？」

亞美的聲音已經逼近超音波，周圍的客人也開始發覺不太對勁。

「別說笑了！明明就是妳太亂來了！真不敢相信！搞什麼、真的太過分了！過分、太過分了！所以我才不想來這種地方……！」

「吵死了……」

大吵大鬧的亞美讓皺起眉頭的大河瞇起閃亮的雙眼，眼裡冒出血光。「嘖！」的一聲也充滿凶惡氣勢。

「死小鬼、閉嘴！」

迎面而來的怒吼終於讓亞美閉嘴——勝負就此揭曉。

「……嗚……嗚、嗚！……」

亞美纖瘦的肩膀跟著紊亂的呼吸顫抖，可愛的臉龐開始扭曲——「啊啊～這樣下去不行——」北村連忙起身，竜兒也跟著快步走回氣氛糟到極點的座位。

就在兩位男士回到位子的瞬間——

「祐——」

竜兒似乎看到轉身跑來的亞美背後，有如少女漫畫般開滿花朵——亞美的動作華麗到充滿戲劇性。

「祐——作——————！嗚啊～～～！」

她流著眼淚撲進北村懷中。

纖細的肩膀不停顫抖，言不成句的亞美像孩子般口齒不清的說：「我想回家！」被淚水濡濕的眼睛，由極近的位置仰望北村。

「啊——啊——啊——啊……為什麼不能好好相處呢？真是的……造成這麼大的騷動真是抱歉啊！逢坂、高須，我先送這傢伙回去了。」

鞠躬、垂眉、道歉——北村的全身散發歉意，然後抱著亞美，俐落的從座位上拎起亞美的手提包，無視店內眾人的矚目，直接拉著亞美離開。

最後剩下——

「大……大河……？」

「……」

「喂！醒醒啊！」

大河臉上的表情寫著：對決贏了，但最後卻輸了。

大河稍微嘟起嘴，兩眼無神，像佛像一樣無言——所謂找不到能夠安慰的話語，大概就是這個樣子吧？

「嗯，那個，反正就是打起精神來吧！」

「……」

「簡單來說，剛才的經過我和北村都看到了。放心吧！北村絕對不會認為是妳欺負川嶋亞美的！」

「那……也就是說北村同學全都看到，也都知道，卻還護著那女人回家？」

「沒有護著她吧……」

「溫柔地抱著她、安慰她？」

「我想應該沒有抱著……唔啊！」

玻璃碎裂的聲音和女服務生的慘叫聲同時響起、盤子掉落一地摔個粉碎；一直吵鬧不休的小鬼似乎感受到什麼詭譎氣氛，冷不防「哇啊——」地哭了起來；咚！波！啪！咻！飲料吧的牛奶發泡機突然壞掉冒出煙來——「呀——！」「哇——！」現做的熱牛奶灑在排隊的客人身上；「店長！廁所塞住了……唔哇啊啊啊！」沒人想知道發生什麼事情的店員叫聲響起又消失——

「我討厭那個女人！」

大河全身上下發散著閃電般的殺氣，青色火花以驚人的氣勢啪滋啪滋四處散開。事情演變到這種局面，竜兒已經無能為力了。只見大河咬牙切齒的嘴唇幾乎失去血色，緊緊握住的拳頭不停顫抖——

「哇！不准哭！」

「……！」

如果北村還在，應該會有新的進展。事到如今，大河的眼中開始滲出透明的淚水。

「大家都在看！忍住！」

「嗚嗚……」

大河悔恨呻吟，用袖子擦淚——大事不妙了。就在幾乎想要抱頭的竜兒耳邊，突然傳來天使的聲音：

「咦？怎麼了？」

「小実……」

剛剛不知到哪去的女服務生実乃梨這會兒才出現。実乃梨眼睛瞪得圓圓的——

「大河，心情不好嗎？發生什麼事了？」

「沒什麼……碰到髒東西了，我去洗手。」

「哇喔！打死了一隻蒼蠅！」

大河一面攤開手心，一面站起身，実乃梨連忙讓條路給她過。她目送大河的背影之後，緩緩轉向竜兒：

「她怎麼了？我去休息時發生什麼事了嗎？」

「啊、不，這……稍微遇到一點麻煩……」

結結巴巴不單是因為緊張的關係——剛才發生的事情該如何告訴実乃梨？這一點也讓竜兒很傷腦筋。不過為什麼偏偏在那種時候去休息啊？思考邏輯跟神一樣隨性的実乃梨露出一副沉思的表情：

「我是不知道發生什麼事，但大河似乎很生氣……很少看到溫和的大河會那樣。」

「溫……溫和？」

哪裡溫和了？

這是今天竜兒覺得最恐怖的時刻。

＊＊＊

不過在買完東西回到高須家，竜兒開始淘米煮飯時，大河的心情已經恢復了。

「反正又不會再見面，她看起來也不像在和北村同學交往……更重要的是，在意那傢伙的事未免也太無聊了。」

「兩杯米夠吧？還是要煮兩杯半？」

「兩杯半。」

雖然還是一副氣呼呼的樣子，不過大河在廚房角落邊玩砂糖罐邊說：

「這次的處理方式可就成熟多了吧？我可是好不容易才吞下這股怨氣呢！」

「打人耳光的傢伙有資格說這種話嗎……喂，叫妳別玩砂糖……」

「……」

「不准給我舔砂糖罐的湯匙！」

2

下一個衝擊，在連續假期結束的清爽早晨到來時——

時間剛過早上八點。

比平常都要早出現的班導，提前開始一大早的班會時間。

「喔……」

眼前的狀況用「地獄之門開啟」來形容，鐵定再貼切也不過。

竜兒按住差點叫出聲來的嘴巴，一面懷疑是不是自己看錯了。難以置信，不，是不願相信……可是……這狀況……怎麼看都不像是在做夢。

竜兒轉過頭對北村無聲地說：「你怎麼沒告訴我這件事！」，而北村只是「是啊。」悠哉舉手回應。

看來已經沒有轉圜餘地了……

半身僵硬的竜兒眼神雖然比平常還要可怕三倍，但也只能乖乖接受現狀。

纖細的雙腿踏上講台，美麗的頭髮跟著步伐搖曳。

略帶害羞地轉向正面，眩目的微笑融化在一大早柔和的晨光裡。緩緩抬起眼睛：

「我是今天起就讀這所學校的川嶋亞美，請大家多多指教。」

——清澄、單純和討人喜歡的面具。

怎麼會有這種事！

「怎麼、會發生、這種事……」

沒人注意到竜兒的呻吟，整間教室早就拋下腦袋一片空白的竜兒——

「咦？咦！那個女生，不就是雜誌上的那個！」

「是嗎？什麼！不過好可愛——！」

討厭討厭騙人騙人糟糕糟糕——！怎麼會這樣……班上那群追求流行的女生在一旁吵鬧不休、興奮不已；另一方面，男同學全都是一個模樣——怯生生、舉止詭異、異常安靜，只是以熱情的眼神陶醉凝望講台上清純的天使。就連坐在斜前方的朋友能登久光，也緩緩轉過戴著黑框眼鏡的臉——

「出、運、了……！」

他打從心底興奮熱切地喃喃自語，並且握拳向竜兒示意。

「啊、啊啊……」

竜兒只能含糊點頭回應，不過卻吞下苦澀的口水取代握拳。

講台上的亞美的確很美。蛋黃色的皮膚比昨天更滑嫩、大眼睛比昨天更閃亮動人、唇邊的微笑更是不曾停過。她微偏著頭俯視著全班，因為臉蛋的關係，外表看起來很稚氣，可是身材卻是黃金比例的八頭身。亞美真是美到不真實的超優質美少女。同時竜兒的頭痛也處於極限狀態。

龍兒悄悄轉頭看向教室中央的座位——相信坐在那裡的人，此刻內心的震撼恐怕也處於極限狀態吧！那個人就叫做大河。

看到了。

然後——

「喔……」

立刻把視線收回，那是張不可正視的表情。

她的眉毛幾近垂直、眼中的光澤有如熔岩、玫瑰花瓣般的嘴唇不停顫抖，不吉利地向上翻。這就是對現實世界忍無可忍的憤怒，即將爆發前的狀態嗎？臉頰像是藏了炸彈，可怕的鼓了起來——身體虛的傢伙光是和她四目相對就會被嚇死吧？

亞美的眉毛瞬間上挑，似乎也藉由教室裡的殺氣而察覺到大河的存在，但她畢竟是見過大場面的專家。

「各位同學！叫我亞美就可以了！」

擺出完全無視的姿態微笑，眯起眼睛露出可愛的笑容。光是這樣就讓竜兒感到可怕，一股寒意遊走全身。女人都是這樣嗎？竜兒不禁將敞開的立領學生服釦子扣起。

「各位同學，請和新同學當好朋友喔！來！鼓掌！」
熟悉的單身班導・戀窪百合（29歲）在啪啪啪啪的鼓掌聲中，莫名開朗地扯開喉嚨大喊。過去全身上下都是引人注目的粉紅色流行服飾，現在卻變成色彩單調的運動服。連續假期時發生什麼事呢？她的個性格好像變得不太一樣。
她親暱地摟著亞美的肩膀說：「大家的人都很好，妳一定能夠馬上和大家打成一片的！」對亞美做了個激勵動作，然後用力豎起大拇指：
「那麼！新的二年C班就此開始！」
「嘖！」
講台下渾身散發出不爽氣息的大河瞪著講台上的班導，忍不住發出聲音。不過今天的單身班導卻毫不退縮——
「不准這樣子喔！來！讓我們一起用笑容開心度過一天吧！」
「嘖！」
「至少在今天，新同學川嶋加入我們的難得時刻……」
「嘖！」
接下來只看到班導突然搔起頭來，不斷發出「嗯咕嗯咕」怪音，然後開始轉圈圈，最後在講桌前頹喪趴下。

「百、百合老……」

「咦?她沒事吧……?」

教室一片安靜，一旁的亞美也臉部僵硬地看著班導。十五秒之後，微微顫抖的班導才抬起頭，趴在講桌上不情不願地吐露遺憾的私事：

「老師在這段休假期間，發射最後的子彈……應該是最後……的子彈……卻還是……！所以要更加努力才行！全心全意努力工作才行！可是、可是……算了！沒人懂我的用心就算了！我想你、你們大家十年後就會了解……！北村同學，交給你了！」

「那麼——」

在班導指名下站起身的北村，環顧教室一圈後開口：

「各位同學聽好了：其實亞美也是我的青梅竹馬，可是我也沒想到她竟然會轉到我們班來，不過還請大家和她好好相處。今天早晨的班會到此為止！起立！敬禮！」

我不幹了啦！單身班導悲慘的呻吟聲，淹沒在大吵大鬧的教室裡。

＊＊＊

「川、川嶋同學，我幫妳搬吧?」

「不，讓我來！」

「請務必讓我來搬！」

「不不不，讓小的我來為妳服務吧！那些傢伙搬的椅子怎麼能坐呢？」

亞美正準備把桌椅搬進教室，班上的男生馬上就在她的周圍築起人牆。至於害羞的男同學只能在遠處滿臉羨慕望著人牆。看來大家都想接近她，只是行動力的差別，造成有些人在她旁邊、有些人在遠處觀望。

「不用不用！這個我自己來就可以了！我還滿有力氣的！」

不過亞美沒有讓任何人幫忙。在大家面前用細細的手臂「嘿！」抬起桌子。

「啊，危險！」

「川嶋同學，讓我們來吧！」

「可以可以！沒問題的！」

亞美穿過想要出手幫忙的傢伙，一個人向前走。

「看！對吧？這很輕啦！」

將桌椅擺到規定的位置之後，再次露出開朗的天使笑容。失去搭話藉口的男孩子，只能打起精神說出「下次有需要的話，再找我幫忙吧！」之後乖乖解散。接下來輪到女孩子包圍亞美。

「咦——？川嶋同學自己搬桌椅嗎？請男生幫忙就好了呀！」

「是啊是啊！那些傢伙既然拚命想和川嶋同學說話，就盡量指使他們嘛！他們鐵定會很開心的！」

比起男孩子，亞美面對女孩子的笑容更加燦爛。她用手在面前揮了揮：

「不要緊啦～那很輕的！告訴妳們，我和男孩子說話會覺得很緊張呢！」

「咦？真的嗎？」

「是啊。不過我更感謝妳們找我！這還是第一次有女孩子主動和我說話呢！我好開心喔！請叫我亞美就好了！」

亞美親切說完，正準備坐下時——

「啊！好痛！」

脛骨撞上椅腳。亞美的臉上有如漫畫般皺在一起，誇張地喊痛：

「啊～～真是丟臉！難得轉到新學校，還想要表現出成熟穩重風的說！我果然還是比較適合搞笑吧～！」自暴自棄的說話方式，惹得女孩子哈哈大笑。

「川嶋同學……啊，不，亞美該不會很笨手笨腳吧？」

「還有點少根筋呢！真是的～明明長得那麼可愛，幹嘛擺出那麼好笑的表情！」

「拜託妳別說好笑嘛～！人家本來打算走成熟穩重風的耶～！」

啊哈哈啊哈哈啊哈哈——

坐在窗邊的竜兒用手支著臉，默不作聲凝視圍繞在亞美身邊開心喧鬧的人。眼神難得失去光芒、一片空洞，內心想著：原來還有這種面具啊！看樣子越來越不能相信女人了。正在竜兒獨自沉思之際，突然和亞美四目相對。亞美的嘴巴「啊」地半張，眨了眨嚇得瞪大的眼睛。她似乎現在才發覺除了大河外，就連竜兒都在這個班上，伸出纖細手指指著竜兒：

「咦~真的假的~！那是……高須同學？」

「……！」

真是太突然了！

竜兒好像看到什麼討厭的東西，裝作沒聽見的樣子轉過頭背對她。雖說她的舉動太過突然，可是自己會不會太過分了……但是現在也不敢轉頭望向亞美，只有繼續擺出無視的樣子，任女孩子繼續吵鬧。

「亞美，妳怎麼會認識高須竜兒？」

「昨天和祐作到家庭餐廳時偶然遇到，打過招呼……他看起來好像很討厭我的樣子。妳們剛才也有看到吧？就那樣撇過頭去……」

亞美應該是打算竊竊私語吧……可是聲音卻完整傳進竜兒耳裡。該不會是故意講給我聽的吧？既然對方是亞美，這是很有可能的事。

「啊～高須本來就是個冷淡的傢伙啦！再說，他應該不是討厭妳，只是因為害羞吧！」

「沒錯沒錯。我們和他同班之前，還以為高須長得那麼恐怖，一定是不良少年，因而不敢靠近他呢！」

態度冷淡礙著妳們還真是抱歉啊！一直盯著窗外的竜兒心裡似乎受傷了。

「高須同學不是不良少年嗎？」

「好像不是耶。雖說一年級學弟妹跟其他班的同學還是很怕他，不過亞美不用在意，儘管放心啦！」

「是啊是啊！」

「嗯……原來是這樣……」

竜兒似乎感覺到一股打量的視線在脖子後面游移，癢得讓人難以忍受。這下沒辦法裝作沒聽見了，只好難為情地轉身面對亞美，一不小心對上她的視線。

結果——亞美對著竜兒微微一笑。太刺激了，竜兒的眼神不禁閃起銳利的光芒。

雖然四目相對的時間只有一秒，但是可以看出亞美的眼睛十分濕潤。

眼睛一移開，馬上用笑臉面對女孩子。繼續和女孩子談笑……但是那個蘊含著無以言喻憂愁的眼神是怎麼回事？那種神情似乎已經烙印在竜兒的視網膜上，無法從記憶中消除。既不是憤怒也不是怨恨，含情脈脈看著竜兒的表情，有如夢幻一般。即使在開心人群的包圍之中，亞美的眼瞳散發出寂靜水面的光芒，彷彿被不為人知的淚水浸濕。竜兒覺得自己好像聽到：「為什麼要對我這麼冷淡呢……？」

「不、不是，我沒有……不是這樣吧！」

左右搖頭，想要去除殘留在腦海中的透明影像。不、不對，這不是真的！

美麗的東西真的太可怕了！昨天才親眼見識亞美的本性，當下又差點要將她當成單純美少女了。

竜兒振作精神站起身來，往北村的座位走去。昨天的一切彷彿是一場夢……才怪！我得去和另一個清楚實情的證人談談才行——

「喂，北村……她那招真是太厲害了！」

竜兒輕抬下巴指著亞美。北村瞥了一眼亞美等人吵鬧的樣子，邊苦笑邊嘆氣說：

「是啊！不愧是懂得掌握人心的傢伙。」

「為什麼你昨天沒告訴我們她要轉來我們學校？」

「啊？我沒說嗎？」

「少裝蒜！我超驚訝的！真的！」

坐在北村的桌子上，竜兒低聲責備死黨，用不可等閒視之的凶狠眼神瞪著北村，不過北村當然知道這個眼神不是故意的。他輕輕搔頭，笑了起來：

「哎！抱歉，該怎麼說呢……我希望亞美能用本性與人交往，所以昨天我沒讓亞美還有高須你們知道，大家將會成為同學。讓亞美知道的話，她一定會從頭到尾戴著面具，應付昨天的場合……我太了解她了。」

「可是昨天那個樣子也夠假了啊？」

「不過她還是對逢坂露出了真面目呀！也因此高須才有機會見識到嘛！對吧？」

「你希望大家發現川嶋的本性嗎？那樣一來只會害她被大家討厭吧？」

「我當然不打算大肆宣傳啊！再說我也沒權力這麼做。不過我希望能夠達到那個結果。露出本性一定比『說謊』好，對亞美來說也是——如果因為那樣而被大家討厭，亞美也會心服口服吧！」

「『心服口服』？什麼意思……？」

「不懂嗎？嗯——說得比較好懂的話……」

北村拿下眼鏡用拭鏡布擦了一下，同時以出人意料的大眼睛仰望竜兒的臉：

「我並不討厭亞美的本性，也不希望她繼續說謊、希望她能夠以本性過日子。再說，現在她也用這種面具對付我，讓我有點難過……自從她當模特兒開始，就在我面前擺出好孩子的樣子……總之，我只是希望有更多人能夠喜歡亞美真實的一面而已。」

回看眼裡帶著理想的正義使者，竜兒不禁無言。因為他想說的只有一句——

「不可能啦！」

依照學校規定，能夠使用果汁自動販賣機的時間只有午休時間，不過只要不被囉唆的老師發現就行了！特別是二年級的教室距離自動販賣機所在的別館二樓很近，所以違反規定的使用者絡繹不絕。

第三節的數學課結束後，竜兒帶著零錢走出教室，目的就是那個違反校規的水分補給站。自己雖然還有些從家裡帶來的冷茶，但今天不知道為什麼老是覺得壓力很大，不散散心喘口氣的話，竜兒可能會受不了了。

快步走過空無一人的走廊，在別館樓梯間的三台自動販賣機前停下腳步。要喝黑咖啡？還是碳酸飲料？小心計算零錢，正準備投入投幣口——

「我先！」

竜兒身旁突然伸出一隻雪白的手擋住竜兒，將硬幣投入投幣口。竜兒被突來的插隊舉動嚇得轉過頭——

「喔……！」

這下子更驚訝了——

「喔！原來自動販賣機在這裡啊。」

天使般天真無邪的笑容在眼前極近距離綻放。那張仰視竜兒的微笑，正是壓力來源——亞美。她偏著頭，眼睛發亮：

「高須同學打算要買什麼？讓我猜猜看！嗯——嗯……是不是這個？」

她用粉紅色的指甲從眾多飲料樣本中，選擇最俗又有力的提神飲料。

「呃？不……我要買……咖、咖啡。」

竜兒因驚嚇過度而開始口吃。亞美「這樣啊……」點了一下頭，按下咖啡的按鈕，然後拿出掉落的罐裝咖啡遞給竜兒。

「嗯？為、為什麼？」

「來，這個就讓亞美請你。剛才正好看見高須同學走出教室，所以我就跟著跑了過來。」

無法理解怎麼回事的竜兒僵在原地，想也沒多想就接下亞美硬塞的罐裝咖啡。

亞美沒有回答，再度投入硬幣。

「我要喝什麼呢……這個好了。」

稍微猶豫一會兒，她按下原味紅茶的按鈕。罐子落下的聲音讓竜兒回過神來，但是已經太遲了——

「啊！等一下！用、用我的錢買！」

等到竜兒慌張遞出零錢時，亞美已經準備拿回找零了。然後她抬起頭——

「已經買好囉。」

亞美伸出薄薄的舌頭，擺出惡作劇的表情挑眉望向竜兒。

「不、不行！不能這樣，咖啡的錢給妳。收下吧！」

「不行不行！沒關係啦！就當作是為了昨天的事道歉。」

「道歉……？」

「我們在這裡把飲料喝完吧？」

亞美邊說邊打開易開罐的拉環，不等竜兒回應就喝下違反校規的飲料。這麼一來，竜兒就沒辦法丟下第一天轉學的她，自己先回教室去了。

「在午休以外的時間買飲料是違反校規的喔！」

「是嗎？不過高須同學好像沒資格說這種話吧？明明就是你先來買的。」

「也對。好吧……多謝招待。」

竜兒只好開始喝起咖啡。兩個人一起喝飲料時，寂靜的樓梯間只有自動販賣機的馬達低鳴聲。為了掩飾自己的困窘，竜兒斜眼看著亞美，不想先拿開飲料。不曉得該和她聊什麼，同時也拚命祈求其他學生或嚴肅的老師千萬別在這時候出現。

「呼……好冰喔！好冰好好喝——」

亞美用指尖擦拭濕潤的唇邊，首先開口。她站在竜兒身邊，靠著自動販賣機：

「不過我真的嚇了一跳，沒想到高須同學和逢坂同學竟然是同班同學……祐作昨天什麼也沒說。」

說完之後亞美對竜兒笑了一下，不過竜兒只是含糊點頭——他只能擺出畏縮的表情，而且眼神也很慌亂。姑且不提亞美的本性，光是要和沒什麼交情的超級美少女獨處，就讓竜兒的身體僵硬到無法隨心所欲。

不過亞美是如何解讀的呢？

「高須同學……」

亞美從竜兒身旁起身，面對他緩緩抬起閃著溫柔光芒的眼睛，睫毛微眨，以沙啞的聲音輕聲細語：

「逢坂同學……該不會跟你說了些什麼吧？不管她跟你說了什麼，我都無法反駁……可是、希望你忘了昨天的事……這……也是為了逢坂同學好……」

「昨……昨天的事，妳是指什麼？」

竜兒拚死想從面對面的緊張感中逃脫而往後退，背部像要擠進自動販賣機裡一樣用力。可是亞美又往前走了半步，讓竜兒的努力徒勞無功。她完全不害怕眼神凶惡的竜兒，昨天的事，也就是家庭餐廳、打耳光與嚎泣三項吧——

「高須同學……從逢坂同學那裡聽到什麼了嗎？」

接著發問的亞美，眼睛就像電視廣告裡的吉娃娃一樣濕潤，而且一滴眼淚就快要落下。

竜兒一片空白的腦袋拚命想著最好的答案，眼睛不斷迴避亞美傷心的美麗容貌。

「不，她……什麼都沒說。」

竜兒不斷告訴自己，我才不會被騙！眼前伸出手來的夢幻天使是假的！竜兒沒有騙人，所有都是自己親眼看到，大河什麼都沒說。

「是嗎？我還在想她是不是跟你說了什麼……大概是我弄錯了。我跟你說……昨天的事，都是我不好，逢坂同學一點錯也沒有。」

亞美垂下薄薄的眼瞼，有如吉娃娃的眼睛閃著淚光。

「可能是因為……我有些時候太笨了，才會惹得逢坂同學生氣……逢坂同學只要話匣子一開就會很情緒化，莫名其妙的任性或興奮，對我說了一堆……讓我感到一團混亂，只能回答：『咦？呃？為什麼？』……所以才會……」

竟然能夠以這個表情說出有利於自己的謊話——不寒而慄的竜兒感嘆不已地輕聲嘆氣。

亞美打斷竜兒的嘆息——

「所以這一切、逢坂同學都沒有錯！」

亞美搖搖頭，吉娃娃的濕潤眼睛光芒更加耀眼：

「如果……如果我能夠更、更努力一點……希望你忘了昨天的事情。那個……其實……事實上……我常常……聽到女孩子突然對我說些莫名其妙的事情……所以我完全不會在意！沒關係！我會加油的！」

正當亞美使盡渾身解數表示「因為被害者是我！」時，上課鐘聲響起。只能呆呆看著亞美演戲的竜兒總算得救了。

「打、打鐘了，得趕快回教室才行……快、快把飲料喝完！川嶋想說的事情我都懂……啊啊！我懂了。也就是說亞美到了這種時候，還在說自己沒錯，並且說些藉口要我不要多嘴，企圖堵住我的口。

竜兒一口氣喝掉咖啡，彷彿要把微妙的情緒一起吞下。亞美滿意地笑了。接下來馬上瞇起雙眼：

「不快點的話，上課就要遲到囉！」

亞美也一口氣喝光罐子裡的冰紅茶。兩人將罐子丟進垃圾桶，在走廊上奔跑。

「高須同學，說好囉！別告訴其他人喔！還有——昨天突然哭了，真的是很抱歉！」

亞美又施展無效的吉娃娃淚眼攻擊，竜兒敷衍地點頭：

「知道啦……我知道了，快點跑吧！」

竜兒跑在亞美前面，似乎打算甩掉累積的疲倦。但也因為這樣才看不到亞美的表情——

跟在後面的亞美微微冷笑：「要搞定這傢伙真是輕而易舉。」

不過就算竜兒看到了，也不會覺得有什麼好驚訝的吧？

『為什麼你會和川嶋亞美一起匆匆忙忙進教室？』

在老師轉過身寫黑板的同時——

隔壁的同學往竜兒桌上丟了張從筆記本撕下來的紙條，上面用粉紅色的原子筆寫著這幾個字。雖然沒有署名，但是神經質的字跡似曾相識。轉頭看向教室中央——果然沒錯，怒氣沖沖癟著嘴的大河正不爽地瞪著竜兒，眼裡散發出冰冷光線，並以唇語自以為了不起的表示——給我說！

我有回答問題的義務嗎？剛剛的事要我怎麼寫啊？再說我根本不想捲入兩人的爭執之中。竜兒當著大河的面，把紙條收進口袋裡、拉近教科書，讓她知道自己並不打算回答。

但是眼角掃到大河似乎擺出下勾投法的姿勢……

「噫……！」

已經太遲了——不過遲歸遲，總算得救了。

她手中拿著皮製筆袋，順勢舉起來搔搔頭，筆袋裡的自動鉛筆剛好飛出來射向靶子——

那傢伙應該是瞄準竜兒的太陽穴吧。不幸坐在大河與竜兒中間的四個人都用力向後仰，僵著一張臉看著自動鉛筆由自己的鼻尖掠過，朝竜兒飛去。

「搞、搞什麼鬼……！」

是殺氣！那傢伙想要殺了我！大河還是一副沒什麼的表情：「嘖！可惜！」以掃興至極的冰冷眼神看著竜兒。

竜兒以凶悍的眼神回瞪大河。他在心中發誓，死也不告訴妳！對竜兒來說，不論是雙重人格或是個性凶暴，這兩個人是半斤八兩，同樣麻煩。

稍微瞥到大河用唇語抱怨，可是竜兒不把它當一回事。而且要是把亞美剛才說的事告訴大河，只會為這場明爭暗鬥火上加油罷了。

竜兒決定忽視到底，於是他若無其事地用教科書與筆記本在桌邊築起防護罩，打算以此阻擋暴力分子的攻擊。

不過數分鐘之後，趁著老師再度轉身之際，前面的同學將折好的紙條丟到竜兒桌上。又是大河嗎？正打算直接丟掉時——

「哦……！」

To 高須同學

From 実乃梨

看到上面寫的字，竜兒的喉嚨忍不住發出類似嘆息的聲音。抬頭一看，在教室另一邊，靠近走廊的実乃梨正朝向這邊輕輕揮手。

無言的竜兒拚命揮手回應。然後用顫抖的手指輕輕打開紙條——別弄破……別弄髒……這是有生以來第一次收到心儀少女的信。光是小小一張紙條，也足以當成這輩子最重要的寶貝。今天、這個時間、這件事情——即使變成了歐吉桑也不會忘記！

可是——

『喂！高須同學！実乃梨生氣囉！』

「咕！」竜兒嚥下苦澀的口水。這段開頭是怎麼一回事……？

『我聽大河說，高須同學和轉學生似乎有什麼不可告人的行為！前陣子我在屋頂上說過，如果你拋棄大河的話……等著瞧～！☠』

這是前半段的內容。

喜歡的對象第一次寫給自己的信上，竟然有骷髏頭的符號……怎麼會這樣！忍住激動繼續看後半段——

『話先在前面，那位轉學生的確很可愛，可是太完美不是很無趣嗎？證據就是：貪心的実乃梨雷達（捕捉可愛女生專用觸手）對她完全沒興趣喔！』

這……真是了不起……不過，就某種意義來說，川嶋亞美也滿有趣的……実乃梨會寫這種信來，應該是大河害的吧！她不只是暴力分子，還是個卑鄙的傢伙——竜兒斜眼瞪向大河，結果她卻「哼！」地一聲冷漠轉頭，完全無視竜兒的存在，並且從背後散發出「都是你的錯！」的氣息。

竜兒有苦說不出，只能緊咬乾燥的嘴唇，但還是慎重在筆記本上撕下一塊漂亮的正方形。大河的抗議以後再說，總之先回覆実乃梨要緊。

給　櫛枝

高須　上

『我和轉學生沒有什麼可疑的舉動，再說我和大河之間也沒什麼。』

整齊認真的字跡。寫到這裡稍微想了一下——

『很抱歉，雖然是毫無相關的話題，但我想問妳一件事。櫛枝對於自己說自己天生少根筋的人，有什麼想法呢？』

他再補上這個無論如何都想知道答案的問題。如果只有開頭那句話，看起來好像在生氣。而且人家不是說嗎？想要讓信件順利來往的重點，就是提出問題——雖然這並不是信。

僵硬的表情底下藏著不平靜的心情，竜兒將回應的紙條遞給前面的同學。那張紙條趁著老師寫黑板、低頭看教科書時，慢慢往実乃梨的方向前進——總算在數分鐘後平安無事抵達她手中。

竜兒一直看著她的樣子——不知為何緊張打開紙條之後，她似乎想到什麼。只見実乃梨緩身站起，轉向竜兒的方向。老師正好轉身寫黑板，看來似乎要寫很久。竜兒、大河、北村、亞美還有其他同學，全都被実乃梨的舉動嚇到，一直盯著她。

実乃梨閉上眼睛，宛若被釘在十字架上的耶穌一樣慢慢舉起雙手，有如死人的表情逐漸出現笑容，最後兩手在頭頂上圈了一個○。可是就在下一秒鐘——嚇！

表情突然變得很嚴肅，嘴巴像在吶喊一樣張開，雙手用力交叉，比了一個×。

「嗯，接下來，因為……所以……」

在老師轉身的同時，実乃梨以一副若無其事的表情坐下。彷彿可以看到全班同學的頭頂上，浮現一個凝聚了眾人疑惑而形成的巨大問號。

竜兒也偏著頭思考，那個×是針對後半部問題的答覆嗎？我所寫的前半部內容應該不需要打×吧？

然後竜兒心想，所謂的天生少根筋，指的應該就是這種人。

＊＊＊

「亞美長得那麼漂亮，卻一點架子也沒有，而且又聊得來，真是超優的！」

這個意見沒多久就成了亞美在全班同學心目中的形象。

轉學來的當天就有很多人對亞美伸出援手，而亞美面對每一個人都是開心回應——「你要教我嗎？謝謝你！」、「啊！原來如此～！太好了，幸好有你幫忙～！」、「啊～我才是呢！能夠跟大家說話真的很開心喔～！」無論面對任何人都擺出笑容的姿態，並以過於單純的天使光芒到處散播愛。

知道亞美本性的人，只有北村、竜兒和大河三人。不過北村儘量不干涉，而竜兒也認為沒必要特地宣傳亞美的雙重性格，可以的話，他再也不想和她有任何瓜葛。

至於大河的話——

「有沒有什麼喝的？給我！」

繃著一張臉，非法占據竜兒前面的椅子。

午休時間過了一半，大河把空無一物的便當還給竜兒，順便敲詐飲料。

「妳啊……我不是一直跟妳說，在還我便當之前要先洗乾淨嗎？」

「我不是也一直跟你說，學校的海綿都爛爛的，感覺很噁心嗎？」

「那我是不是也說過，我的櫃子裡有新的專用海綿？」

「那我是不是也告訴過你，這樣太麻煩了？受不了，你到底在煩什麼？」

生氣的竜兒以凶惡的眼神看著大河說：

「妳自己心裡有數……幹嘛跟櫛枝亂講話？」

他把從家裡帶來，裝有茶的水壺拿給大河。大河把水壺蓋子拿下來當成杯子倒入茶水：

「是你自己要做那種奇怪的事呀！之後又什麼都不說。我只好寫紙條告訴小実……喂！你用哪一邊？」

「標誌那邊。」

「就算是不小心，我也不想跟你用同一邊！」

大河瞇起眼睛，以懷疑的眼光來回瞪視竜兒和蓋子——

「隨便啦！」

一臉厭惡、誇張地閉上眼睛之後，還是把茶給喝了——那麼討厭的話，擦一擦不就得了？擦也不擦，意見還那麼多，分明只是發脾氣！再說在家裡兩個人也是吃同一盤菜，早就交換過口水了！可是現在跟她說這些，大概不到三秒就會被幹掉。

「喂……到底說了什麼？你和川嶋亞美究竟跑哪去了？」

「又來了，妳煩不煩啊！」

「你又不肯告訴我！」

大河的臉上出現少見的焦急。隨後馬上叫出聲來：

「啊哇哇哇……！」

茶水從她手中的蓋子灑了出來。

「竜兒，面紙！」

「真是的！到底在搞什麼啊！」

不耐煩的竜兒連忙擦拭桌子，同時長嘆了口氣。茶有很好的去污作用，在擦拭濕掉的地方之後，再把每個角落擦過一遍。

和大河一起生活之後，已經很習慣她的笨手笨腳了。可是他完全不想介入她和亞美之間的戰爭，再加上他也不喜歡大河不耐煩的個性……還有剛才休息時間時，亞美的小動作也讓他感到很不耐煩——

「大河……妳記得昨天準備晚餐時說了什麼嗎？」

「咦？我說鮪魚生魚片要切得很薄～」

「不是啦！妳不是說，在意川嶋的事很無聊、要像個大人原諒她嗎？」

「啊……我有說過那種話？騙人？我說了嗎？」

「我覺得妳說的對極了。別把她放在心上、忘記昨天的事、今後也別再想起，和平常一樣過日子。怎麼可以因為又遇上了，就又生起昨天的氣來了？而且她今天也沒做什麼。」

「嗯……你說的沒錯……對，也對……」

大河在喃喃自語之後陷入沉默，眼神好不容易有了一絲緩和的趨勢。這樣一來應該就沒問題了吧？雖然身為天下無敵的掌中老虎，可是她也不是自願被人家討厭的啊！只要能夠心平氣和，應該沒什麼事能夠難倒她……

「好啦！我們去洗便當吧。」

「什麼？不要！」

「說什麼傻話？天氣這麼熱，妳以為放過食物的便當盒還能再用嗎？妳不覺得噁心嗎？我可不要！妳要洗自己的便當！現在去把它洗乾淨！」

「為什麼！順便連人家的一起洗不就得了！」

「不是嫌麻煩的關係，這是誠意的問題。我做便當給妳，妳就應該洗好便當盒還我。特別是在春夏這種溫和的季節更要注意便當的清潔！細菌可是大意不得的，只要一秒沒注意就會有危險！這世界上我喜歡的菌類只有乳酸菌、納豆菌、口腔與腸道裡的益菌而已。」

嗯！大河皺起眉。竜兒硬是把便當塞回大河手裡，同時鼓勵她：來吧，快點站起來……

大河的臀部總算願意離開椅子五公分——

「高須同學！剛剛真開心呢！」

搞什麼鬼啊！竜兒不禁想要脫口大罵。

「喔，嗯。」

「下次有機會再像那樣慢慢聊吧！」

亞美從一群女孩子裡走出來，特地往這裡靠近。她朝竜兒揮手，毫不保留地展現出美麗的笑容，纖細手腳與簡約制服的搭配程度，簡直到了犯罪的地步。但不論是可愛或是美貌，她在竜兒心中的地位早已超越這兩者——那就是「雙重人格」。

應該是那樣的……

「高須同學，那個……關於剛剛的祕密……」

「唔、嗯？」

亞美冷不防急速接近，到底有什麼打算？纖瘦的身體彎下腰，嘴唇靠近竜兒耳邊，耳朵感受到溫暖的吐氣，讓竜兒渾身毛孔全開。接著用撒嬌的聲音說：

「請你忘了那件事……拜託你囉！」

亞美的耳語在大河的面前傳進竜兒耳中。大河的眼神冷到極點，無聲盯著亞美和竜兒。然後嘴唇離開耳朵，「嘿！」擺出超級可愛的眼神與堅強的微笑。接著靜靜轉向大河，給大河一個充滿憐惜的慈愛眼神。睫毛在臉頰上落下淺影，讓竜兒不禁看得入神——

「準備上課了。」

聽到大河的聲音他才回神……不行！一不小心……不，是無意之間被騙了吧？

把竜兒拉回現實世界的大河，突然把便當推給竜兒之後離開座位。正當竜兒鬆口氣，以為免掉一場紛爭，一切就到此為止時，不料亞美卻追上大河。聽見亞美「喂！」的叫喚，大河的頭髮——這是真的，不是打比方——瞬間蓬脹起來。

「嚇我一跳……沒想到會和妳同班。對了，有個我今天早上觀察至今的感想……逢坂同學，妳是不是除了高須同學以外就沒有別的朋友了？」

「死小鬼，給我閉嘴！妳還想再哭一次嗎！」

刀劍交鋒的瞬間。

除了竜兒之外，沒有人注意到瞬間的對峙，互相瞪視也只是瞬間的事。兩人立刻撇過頭去，分別往相反方向走開。竜兒心想如果事情能夠就此告一段落就好了……但還是不禁打了陣冷顫，背後出現一股不祥的預感，連忙裝作不知情。

就在此時，兩人已經認定對方是自己的敵人——導火線早已點燃。

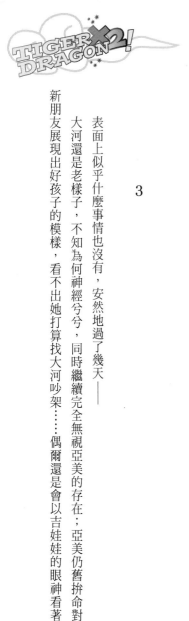

3

表面上似乎什麼事情也沒有，安然地過了幾天——

大河還是老樣子，不知為何神經兮兮，同時繼續完全無視亞美的存在；亞美仍舊拚命對新朋友展現出好孩子的模樣，看不出她打算找大河吵架……偶爾還是會以吉娃娃的眼神看著竜兒，不過倒沒再來糾纏。

話雖如此，對她們兩人來說，此刻可是正和自己最合不來的傢伙同處一間教室呢！每當擦肩而過、聽到聲音、碰巧靠近之時，兩人就會靜靜互瞪或是發起數秒鐘的攻防戰。儘管如此，在竜兒的視野範圍之內，大河與亞美這幾天都不曾有所交談。

真希望能夠這樣平安無事度過一年……啊、不，是一直過到畢業！然而竜兒的微小心願過了不久就被徹底粉碎。事情發生在快要換穿夏季制服的五月底——

「高須～！現在有沒有空？我有超正的事要告訴你！」

現在正是下午的課外活動結束時間，從學校解放的薄暮時分。

黑框眼鏡閃閃發光，手指玩著卷翹髮尾的能登滿臉喜色來到竜兒座位旁：

「今天春田要介紹三個田徑隊一年級的女生給我們認識喔！你會去吧？」

「不了，我還是PASS吧。等等有點事。再說我就算去了，也只有兩種結局：『有一個可怕的傢伙！』或是女孩子當場逃走。」

「沒那回事啦！我和春田也在場啊！我們會好好掩護你的！好嘛好嘛！去吧？在車站前的麥當勞集合囉。」

看樣子他真的超期待這次的聯誼吧！能登又蹦又跳，滿臉笑嘻嘻地摟著竜兒的肩膀不放，像呆瓜般雀躍不已——可是竜兒毫不遲疑掙開那隻手：

「我真的有事啊！看一下那邊。」

竜兒指向教室門口。站在那邊是——

「哇！掌中老虎！好、好恐怖……」

大河交著雙臂站在那裡，沒留意而正要走過的傢伙全被她嚇得發抖。她正瞪著竜兒，由緊鎖的眉心散發無言的壓力——快點滾過來！

「那傢伙有事要我幫忙。所以今天我就PASS吧。不好意思！」

「啊～搞什麼啊……真不好玩。算了，我們今天就三對二決一勝負吧！既然對手是掌中老虎，我也無話可說。」

放棄的能登轉過身——又突然回過頭，似乎經過一番思考之後喃喃說道：

「不過高須……掌中老虎也不錯啦……也算是超級美少女，有時我覺得你們兩個看起來挺適合的。不過，你這樣下去可是無法獲得幸福的喔！畢竟對象是能夠一次舉起三張桌椅到處亂扔的狠角色……」

說到桌椅，那是指上個月發生的事情。名為：「我和竜兒沒在交往之亂」。

「我為什麼非得要和大河過著幸福快樂的日子？我本來就沒那打算啊！」

「算了，既然你都這麼說就沒差啦。不過總算是我的一點建議啦！試著和其他普通的可愛女生交往不是比較好嗎？像川嶋那種超優質女孩是別肖想啦！不過至少也找個不是老虎的女孩子……」

「如果做得到，我就不用這麼累了。」

「哎呀！我只是要你試試看啦！再這麼繼續下去，你一輩子都要照顧掌中老虎，沒辦法和其他人談戀愛囉！言盡於此、明天見啦！」

說完自己想說的話，能登便快步走出教室。其他普通的可愛女生……櫛枝実乃梨根本沒注意到竜兒的心意。

話說回來，能登真沒禮貌！我當然沒打算一輩子照顧大河啊！在適當時候，和適當的女孩子——最好是実乃梨——過著幸福快樂的日子，這才是我的打算。

「喂、竜兒！一直說馬上來馬上來，你的『馬上』到底是幾萬小時之後啊？還是說你的時間過得特別慢？那副悠閒的樣子是怎樣？輕鬆生活……？我呸！」

「是是是是……」

對於大河氣得直跺腳的大嚷大叫，竜兒聳聳肩，乖乖朝大河走去。接下來他幾乎是被大河以拖行的方式在走廊上跌跌撞撞。

「你看這個啦！超慘的，怎麼辦！」

「這、這是……」

大河手指前方的光景令人膽戰心驚，這是怎麼回事？

走廊上並列擺著一整排學生置物櫃，其中位在最左邊那個櫃門大開的大河置物櫃裡，有個被壓扁的草莓牛奶，四周一塌糊塗。無論是運動服、教科書、字典，都遭到粉紅色牛奶的黏答答攻擊。

犯人是亞美……當然不是！

「真是不敢相信！妳怎麼會搞成這樣？」

「我又不是故意的！沒辦法呀！」

凶手就是她自己——這個笨手笨腳的程度足以留名青史的傢伙。

大河正準備回家，一邊吸著草莓牛奶一邊走向置物櫃。打開櫃門，正要把用不到的教科書丟進去之後走人——結果腳一滑！腦袋就連同草莓牛奶一起撞進櫃子裡。

「這個……比想像中還麻煩耶……！」

竜兒雖然低聲自言自語，不過雙眼開始冒出危險的火光，近乎欲望的狂熱在體內騷動。

首先要把裡面的東西全部拿出來、運動服帶回家洗、教科書之類的沒仔細擦乾會留下異味、然後將每個角落徹底地……徹底地……清乾淨！

「這個可以弄乾淨嗎？」

「啊……可以吧……我幫妳處理……」

颼！颼！戴上平常準備的專用橡膠手套，熱血正在竜兒神采奕奕的年輕臉頰上沸騰。他說了那麼多，其實自己超想挑戰的！像是打掃啦、每個角落啦、徹底啦，乍看之下沒救的髒東西，都能夠憑藉這雙手讓它重生——這比任何事情更能讓竜兒感受到自己的生存意義。證據就是大河家裡的歐式廚房。初次相遇時，上面滿是霉菌、排水溝堵塞、水槽散發異臭，而且還黏稠稠的——不過現在已經變得無比乾淨，甚至用舌頭去舔也沒關係。竜兒只要有空就會勤加擦拭，順便將簡單摩登的廚房四周也清理乾淨。竜兒甚至能夠抬頭挺胸自豪地說：這傢伙現在可是全世界最幸福的不鏽鋼廚具喔！

接下來就輪到你了——恍惚的竜兒以危險的眼神熱切望著大河的置物櫃。而且他這一次可不只是為了滿足打掃的欲望——

「大河……說定喔！一定要給我說好的那個喔！」

「知道啦！」

竜兒！慘了！我闖禍了！就在大河這麼拜託竜兒幫忙時，確實和她說清楚：清理報酬是竜兒從以前就一直很想要，裡面裝有兩條名牌浴巾的未拆封愛馬仕禮盒。

「唔唔，我最想要的愛馬仕浴巾組……妳要說我是趕流行的傢伙或什麼的都沒關係，只要那個愛馬仕橘色浴巾能夠成為我的毛巾收藏之一，我什麼都願意接受！之前在生活雜誌上看過，我就超想要的……」

「隨、隨便你……」

「我先說好，我對妳家那些埃及亞麻製品也很有興趣。前陣子整理櫥櫃時發現妳有很多未拆封的。下次如果又有什麼事的話，我就要那個！」

「是嗎……我在教室等你。」

懶得再和化身為家庭主婦的竜兒廢話，有些不舒服的大河冷冷瞥了竜兒一眼，便搖動長髮走進教室。

既然如此，這裡就是竜兒一個人的舞台。雙眼如野獸般閃閃發光，正準備開始動手——不行，還需要圍裙。於是竜兒先往自己的置物櫃前進……

一邊哼著歌，一邊從永保乾淨的置物櫃裡拿出事先準備的圍裙，開心地穿上——啊！突然想到——

我竟然為了清理大河的置物櫃，拒絕了與一年級女生相遇的機會嗎？

這真是、這真是……

「那種事……當然是拒絕啊……」

深深認同，大大頷首，因為我最喜歡打掃了！

竜兒對打掃的愛好程度，連自己都會為之一驚。

絕對不是為了照顧大河而拋棄戀愛機會！我只是想把大河弄髒的東西弄乾淨而已。大河幹下了如此難以置信的蠢事，我只是幫她收拾罷了。就和待在她的旁邊一樣，只是為了快速解決她的問題。這跟照顧她是不一樣的！

『再這麼繼續下去，你一輩子都要照顧掌中老虎，沒辦法和其他人談戀愛囉！』

這個情況和能登所說的感覺大不相同，才不是那樣！我只不過是想要一直繼續待在大河身邊，守護她的廚房整潔而已！只要跟在大河後面，以那傢伙如呼吸般頻繁的闖禍速度來看，一定又會在哪裡製造髒亂了！

以這番說法說服自己之後，竜兒便開始有如危險的毒癮患者，一邊「哈啊、哈啊」吐著氣、一邊拿出大河置物櫃裡的東西。或許竜兒沒發現，自己已經在不知不覺間上癮了。

開始打掃到現在已經差不多一個小時了吧？不過還得需要一點時間。走廊上靜悄悄地沒半個人，當然也不會有人對於把頭伸進別人置物櫃裡進行大掃除的竜兒投以異樣的目光。教室裡八成只剩下大河一個人吧？

「再一下就很完美了……」

脫口而出的自言自語在狹窄的空間中回響。

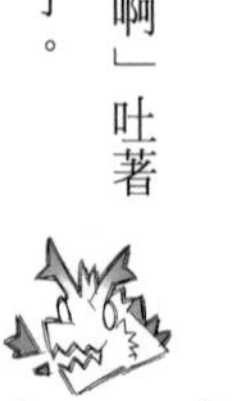

清潔工作接近完美。竜兒完全埋身在沒有分層的置物櫃裡，用自己帶來的棉花棒清理櫃子角落。不過這與草莓牛奶的影響無關，純粹是看到汙垢就想清理。

這時，走廊上傳來像是女孩子的腳步聲。在空無一人的校舍裡看到我這副德行，一定會嚇一跳吧？想到這裡，竜兒便隱身在半開的櫃門內屏住呼吸，從只有打開數公分的縫隙看到面前的傢伙——唔！他不禁哼了一聲。

美麗的外表，那個人肯定是川嶋亞美。但是亞美完全沒注意到竜兒的存在，逕自往只剩下大河的教室走去。

有股不好的預感，非常不好的預感。

置物櫃怪人悄悄離開櫃子來到走廊。竜兒還在猶豫著該不該進去……總之先在窗邊看看教室的狀況吧！

「討～厭……為什麼妳還在這裡啊？超礙眼的～」

果然猜中了。惹人厭的拉長語尾，並且以侮蔑的眼神咧嘴嘲笑正在擦拭教科書的大河。久違的川嶋亞美（本尊）登場！

大河依舊坐在位置上，兩眼瞇得細細的——

「死小鬼！別過來！」

大河以不帶感情的平板聲音擋住亞美接下來的話。

亞美因為大河往上一瞥的眼神而顯得有些驚慌。「哼！」雙重人格小姐轉開視線，不看大河的臉：

「呀啊～好恐怖～喔！不愧是逢坂同學，就連老師也不放在眼裡耶！亞美美剛才一直在教職員室問問題，結果每～個老師都說亞美美好可愛、好可愛，還說很高興我來這間學校，還問我有沒有被逢坂同學欺負等等，盡說些一樣的話！而且是每一個老師喔、每一個！超～好笑的～！真囉唆～！亞美美很可愛，這種話不用說我也知道呀～！」

「哼！」

聽了亞美的話，大河發出冷笑，玫瑰色的嘴唇趣味盎然地彎了起來：

「這樣不是很好嗎？這樣的話，我可是非常期待妳這個性超差的雙重人格能夠維持到幾時呢？就算換班級、畢業，我也會繼——續在妳附近看著妳。」

「妳說什麼？」

「啊啊！真教人期待妳幾時才會露出狐狸尾巴？我話說在前頭，要揭穿妳的本性實在太『簡單』，可是這樣就沒什麼樂趣了，所以我就不出手了。我會一直、一直等著看好戲！只是……勸妳留點口德，人生還長的很。再說，如果妳希望自己還能裝久一點的話……」

大河低沉的聲音像是在唸咒，教室瞬間變成黑暗的詛咒空間。不過竜兒明白，大河並沒有真的生氣，她只是用爪子玩弄不中意的對象而已……至於要說為什麼，因為她的雙眼仍舊平靜，身體也很放鬆。要是老虎發火，可不會只有這樣而已。在獵物被爪子與獠牙撕裂之前，攻擊的風暴是不會停止的。

亞美應該不懂得見好就收——

「妳……妳這個跟蹤狂！」

亞美大聲尖叫。她似乎相當討厭大河對她說教，扭曲的臉上寫滿嫌惡。陰險的攻防戰逐漸昇高，教室裡剎那間充滿緊張感。

竜兒嘆了一口氣，猶豫是否要裝作若無其事的樣子走進教室時——

「哈哈！妳這小不點就是用這招一點一點惹火別人。」

亞美撥撥頭髮，重新振作精神之後再度以笑臉攻擊：

「妳就是這樣才會沒有朋友吧？孤零零的討厭鬼，真是好、可、憐、喔～如果妳早知道會和我成為同學，初次見面的時候，也會和好孩子版的超可愛亞美美搭話吧～？真是太可惜了～沒能和超人氣的亞美美做朋友～……呵呵，高須竜兒好像完全迷上亞美美了～那傢伙老是眼睛發光盯著我看，真是超遜的。妳可以幫我說說他嗎？」

既然都被說成這樣，怎麼有臉進教室？話說回來，眼睛發光……什麼跟什麼？明明只是遺傳所造成的眼神凶惡罷了。

「會錯意的人真是幸福啊……喂！妳可不可以快滾啊？光是看到妳那張怪模怪樣的臉我

就想吐。」

「不用妳說我也會走！和妳這種小不點不同，受人歡迎的亞美美可是忙得很！再說，亞美美真是同情妳啊！連亞美美認識的人之中，心胸最──最寬廣的祐作都討厭妳呢！」

「妳說什麼？」

大河的音調變得更加低沉，直視亞美的眼中還閃著血色光芒──看來亞美踩到地雷了。

「因為啊！那天見面之後我就一直搞不懂，可是祐作也沒說妳是同班同學，連一句都沒提到喔──我問他：『那女生是怎麼了？』他也只回答：『沒什麼。』完全沒把妳當一回事耶！說明白點，亞美美的敵人，也就是祐作的敵人喔！那天妳在家庭餐廳裡對我的所作所為，他感到相當難過，我想他應該很討厭妳才對！就連心胸寬大的祐作都不喜歡妳──妳啊！真是沒救了！」

她拋下這段話之後──

「我走啦！明天見啦！」

拿著書包微笑之後轉頭走開，美麗的臉上不帶絲毫惡毒的痕跡，就這樣哼著歌離去。

「唔、唔喔喔……！」

竜兒在千鈞一髮之際衝進置物櫃裡。

其實不用躲起來也沒關係──不過既然躲了也沒辦法。等到完全聽不見亞美的腳步聲，竜兒才戰戰兢兢踏出櫃子回到走廊。

「大……大、河……」

從窗子確認大河的樣子。

留在原地的大河背對著竜兒緩緩偏頭，似乎正在思考亞美話中的含義。

『祐作討厭妳喔！

完全沒把妳當一回事耶……

亞美美的敵人就是祐作的敵人。

我想他應該很討厭妳才對！

真是沒救了。』

「唔、唔、唔、唔……」

只見老虎以不成調的聲音仰天長嘯：

「那、個、小、鬼……！」

「喂，大河！冷靜點！」

冒死出聲一喊，大河跳起來轉過頭，認出窗子另一邊是竜兒，便一口氣飛奔上前，抓住立領學生服的袖子。

「竜兒！」

「在！」

大河幾乎失焦的雙眼，呈漩渦狀旋轉。

「竜兒、竜兒、竜兒、竜兒！聽到了嗎？喂！剛才她說的你聽到了嗎？聽到了嗎！聽到了嗎！你覺得呢？你覺得呢？她說、她說、她說……喂，是真的？真的嗎！他討厭我？」

「妳、妳稍微冷靜點！冷靜想想就知道，怎麼可能嘛！」

「因為、可是、那個死小鬼、我、我、我我我我、討、討、討討討、討、討……討厭！」

「唔、哇……」

快昏倒了。大河真的發飆了，粗暴踹倒三張身旁的椅子，露出白色獠牙仰天怒吼……

「喔喔喔～～臭小鬼啊！總之先做掉……她！」

「冷靜點！不要衝動！深呼吸……」

「閉嘴！」

「是！」

大吼大叫的大河粗魯地把竜兒撞飛。她打算追上離開的亞美嗎？糟糕！這樣下去會出人命的！

想要勸阻朝門口前進的大河，於是竜兒也從同一扇門跑——

「不行！別去！冷靜……」

「——！」

砰！驚人的聲音響起。

竜兒推開門，大河也推開門——一個推開左半邊的門、一個推開右半邊的門——結果大河向前衝的額頭就狠狠撞上竜兒推開的門。

事情發生得過於突然，等到竜兒發現之後也只能呆然嚥口氣。大河就像喝醉的貓一樣搖搖晃晃、腳步蹣跚……兩步、三步往後退。

「……好……痛……喔……」

「大河！」

幾近慘叫的聲音。

竜兒千鈞一髮扶住緩緩後仰的大河。

「對對對對不起！沒事吧？」

「沒事……沒事……沒事……沒、事……」

看來這下慘了，大河連罵人的力氣也沒了。

＊＊＊

「小竜～大河妹妹的房間燈沒開，窗簾也關著喲！」

泰子頭上捲著髮捲，光腳踩進廚房。炸好最後一片豬排的竜兒不由得眉頭深鎖：

「真的嗎？剛炸好最好吃的說……」

「唔～看起來好好吃喔……泰泰最愛炸豬排了！」

母子兩人同時盯著滋滋作響的三人份美味炸豬排。長相雖然不太像，但是心裡想的事都一樣——不快吃的話就冷了。

自從發生放學那件事之後，大河的樣子就變得怪怪的。

雖然撞到額頭，可是並沒有流血或是想吐等令人擔心的症狀，不久就恢復平常的樣子。

「你在看哪裡啊？身為我的狗、難道打算殺了我嗎！」

可是心情不好歸不好，似乎還有點「黯然」。如果說平常的大河是瞬間爆炸的煙火，那此刻的大河就像是從中心開始腐爛的毒蘋果。抱怨個幾句之後就陷入沉默之中，在抵達她家大樓為止沒再開口，甚至沒提到亞美的事情。

無視？不太像。她並非無視竜兒的存在，而是……陷入沉思之中。因為深陷在自己的思考中，所以對外界的反應也跟著遲鈍。

然後到了傍晚六點半的固定晚餐時間，大河仍未在高須家現身。

竜兒一手拿著配菜，雙臂抱在胸前，看著炸豬排低聲說：

「該不會哪裡不舒服吧？所以一個人跑去醫院……？這樣的話，早知道就算用拖的，回來時也要馬上帶她去醫院……現在應該不是在這裡炸豬排的時候吧？」

「不是喔～泰泰透過窗子能夠感覺得到她在房裡～」

泰子一邊拿著花俏的連身洋裝，對著鏡子東照西照一邊說：

「泰泰對女孩子的氣息可是很敏感喔！小鸚也是這麼覺得吧！」

「咦……？啊啊，嗯。」話題突然轉到自己，表情呆滯的鳥類相當神奇地學人類一樣含混搪塞過去。

姑且不管小鸚，泰子的第六感的確很準。雖然自稱自己只不過是個「微超能力者」。

「小竜，擔心的話就去接她吧！」

泰子這麼說，同時決定要穿哪件衣服。把衣服掛上門框，右手戴上假髮，左手則靈活輸入手機MAIL……同時進行多項工作實在不適合泰子的形象，但是每到這個時間，她一定會俐落地同時發送開店MAIL及準備上班。

每次都讓我擔心，真是沒辦法——竜兒對著炸豬排點頭。再說泰子的上班時間快到了，不能讓她再等下去。

「那我過去一下，妳準備好就先吃吧。」

「哇～喔！」

竜兒將視線由擺出奇妙性感姿勢的親生母親身上移開，穿著T恤出門。

涼鞋踩著鐵樓梯下樓，發出鏗鏗的聲音。初夏的城鎮已是夕陽西下，天邊美麗的紅色、藍色相互爭豔，清爽的風吹過身邊。

竜兒大大深呼吸，將氧氣吸入腦中，吸滿油煙的胸口似乎清爽多了，連多餘的煩惱也變得鮮明。

大河與亞美在同一個班上究竟會為接下來的日子帶來什麼狀況？在狹窄的教室內相互仇視、爭吵不休、消耗彼此的體力，終將有一方被打倒——這樣究竟有何樂趣？那是竜兒完全無法理解的鬥魂世界。

徒步一分鐘……應該只有幾十秒，就來到熟悉的布爾喬亞大樓大理石入口大廳。可是竜兒的煩惱還是無法解決。她們兩人不合一看就知道，第一次見面也是糟到極點，但是竜兒認為，既然兩人已是同學，考慮到未來的和平，是不是應該客氣一點比較好？

腦海中浮現流露濃厚殺意、眼睛往上瞪的「極凶暴化」大河，以及哼一聲別過頭去、臉上浮現冷笑的「個性惡劣」亞美。如果大河是掌中老虎，亞美就是成天膩著飼主，而且附有血統書的吉娃娃——汪汪汪地挑釁，情況危急時便跳進飼主（北村）懷中吐舌頭，身上還穿上名牌服飾……

「實在太貼切了！」

光想像老虎與吉娃娃互相瞪視的畫面便讓他全身無力。竜兒筋疲力盡按下自動鎖的電鈴，等了一會兒卻無人回應。他偏著頭再按下第二次、第三次。

有點戀母情節的竜兒深信，泰子的直覺不會有錯！於是再按一次——

『誰……？』

你這混蛋是誰啊？大河情緒低落的陰沉聲音似乎想這麼問。

「我……是我。喂！晚飯已經準備好了，快來吧！今天吃炸豬排喔！」

『我不吃……』

竜兒銳利的眼神瞬間閃過瘋狂的光芒——不是因為生氣，而是震驚。只要跟食欲有關才不管有沒有出息的大河竟然說不吃？看來事情比想像中的還要嚴重。

「喂、妳怎麼了？身體不舒服？頭痛嗎？」

「吵死了……我哪裡也不痛！」

「不吃飯的話又會昏倒喔。」

嬌小的身體很耗能量，大河只要一不吃飯，就會立刻變瘦並引發貧血。正因為竜兒知道她的狀況，所以稍微加重一下語氣：

「總之先開門吧！不好好說明不吃飯的理由，就不能不給妳飯吃！」

沉默一下，終於隱約聽到「嘖！」地一聲，然後自動鎖便打開了。

「喔！」

超高級大樓的二樓大廳。

由緩緩打開的櫟木門裡窺探的那張臉，讓竜兒不禁嚇得後仰。

「發、發生什麼事了嗎……？」

「……」

無言的大河身上穿著皺巴巴的純棉蕾絲連身洋裝，頭上蓋著一條毛毯，頭髮亂糟糟，像要遮住臉般糾結在一起。髮間露出的眼睛布滿血絲——臉上濕濕的，看來她剛才在哭。

雖然知道大河是個愛哭的生物——

「喂、喂，等等！」

大河拖著毛毯由高雅的走廊退回客廳。有些猶豫的竜兒也脫掉鞋子跟上大河。

越過沉重的玻璃門，超過十坪，集結國外雜誌常出現的裝潢與裝飾品的漂亮客廳裡——

「哎——呀……」

竜兒喃喃自語，搔搔頭。

大河把沙發推開，從寢室拿來床單毯子，全都弄成圓形鋪在地上，中間圍出一個僅能容納大河的洞，然後縮成一團躲在其中。再用蓋著頭的毯子包覆全身的話，就會出現一隻「自閉老虎」了。

水晶吊燈沒有打開，邊燈的光線讓天花板顯得柔和。緊閉的窗簾看不見外面天空是什麼顏色……大河就一直以這副模樣待在昏暗的房間裡嗎？

「喂……」

「……」

一個勁地陰沉縮成一團。

瞬間猶豫之後，竜兒還是下定決心拉開大河蓋在頭上的毯子，然後抱膝坐在她身旁。此刻的大河有如躲在鳥巢裡的雛鳥——

「喂，到底怎麼回事啊？剛剛撞到的地方會痛嗎？要不要去醫院？」

雖然不是故意的，但竜兒好歹還是加害者，所以就算大河認為他多管閒事，他還是要出聲問一下。然而大河沒有回答，繼續以幼虎的姿態縮成一團，把臉埋進被單裡。

「妳到底……要不要緊啊……」

她總算發出有如蚊子般細小的聲音：

「竜兒……」

「嗯？」

「北村同學，真的……討厭我嗎？」

趴著的臉蛋稍微側偏，髮間露出的淚眼充滿下定決心的神情——大河非常認真地抬頭凝望竜兒。

竜兒嘆出一口長長的氣：

「我說妳啊……為什麼在意這種事啊？」

「因為……」

「我不是說了嗎？那天在家庭餐廳發生的事，北村全都看得一清二楚，他也知道妳是被對方挑釁才做出那些舉動。再說他原本就很清楚川嶋的真面目。妳不是最清楚北村不是因為這種事就討厭別人的人嗎？何必為了這種無聊的小事而心情低落呢？」

「是……嗎……？」

「是啊。」

「那我問你……為什麼我會這麼矮？」

「啥！」

這個問題實在太過出乎意料，竜兒沒興趣思考造成他人身體特徵的原因，因此想都沒想就在幾秒鐘裡決定答案——

「那、那不是遺傳的關係……嗎？」

他盡可能找尋不會踩到地雷的答案。可是大河繼續低聲說：

「我長得這矮，名字又很奇怪……自己一個人的話什麼事都辦不到……」

話說到這裡又沉默了。

這還是竜兒第一次聽說這些事。「大河」這名字對於女孩子來說的確很雄偉，再加上大家都叫她「掌中老虎」，也就是個子小到可以放在手上，所以她努力想要長高。這麼說來，怪不得大河老是拚命攝取牛奶。

「我都不知道……原來妳這麼在意那些無法改變的事啊……」

小小的拳頭擦掉眼淚，大河終於靠著竜兒坐起身。剛才被頭髮遮住所以沒看到，原來她在額頭上貼了塊貼布，八成是腫起來了吧？竜兒的心一陣刺痛，下意識地伸出手指輕撫那塊冰涼的貼布。大河也沒有反抗——

「什麼啊……身高一百六十五公分……」

她嘟著嘴喃喃自語，稍微低下臉。我還要再高一點喔……想到這裡，竜兒突然注意到大河不是在說他——

「說什麼自己的名字也很有『美少女戰士』（註：其中的水星戰士名叫水野亞美）的感覺……說什

麼、說什麼……」

這些都是川嶋亞美說的話吧？

八頭身的修長身段與卡通人物般可愛的名字，就只有川嶋亞美同時具備大河的理想。

竜兒嘆了口氣。原來如此，大河會這樣陰沉憂鬱，除了北村的想法外，還要加上亞美刺激到她的自卑之處——最討厭的個性惡劣女卻擁有她求之不得的東西。從這點來看，自己絕對贏不了她——可是這樣的話，不就每個人都得窩在黑漆漆的房間裡要自閉了嗎？

竜兒也不是不能了解那種心理，重重點頭——

「再加上她是北村的青梅竹馬，跟他的家人感情也不錯。」

「啊嗯……」

我懂我懂。竜兒原本打算為她打氣……結果大河的臉反而像融化的冰雕般難看扭曲。

「糟了，我刺激到她最自卑的地方了……」

竜兒總算懂了——如果沒有「與北村的關係密切」這點，哪管亞美的比例是八頭身，還是名字很可愛，大河都不至如此低潮。對大河來說，最重要的原因，就是因為亞美有「和北村的關係密切」的優勢，所以大河才會鬱鬱寡歡、追求自己沒有，可是亞美有的東西……

竜兒終於發現到自己的誤解，然而為時已晚。大河就像在錯誤的時間點彈出來的驚喜箱娃娃般縮回自己的箱子裡。最後還蓋上毯子——

「你真是沒神經耶……沒神經到令我愕然的地步……」

低沉的聲音充滿怨恨。被罵的竜兒也忍不住回了一句：

「妳的生活方式也是讓我愕然啊……」

「你說什麼！」

不小心的失言讓大河大發光火，拋開毯子跳起來。

「嗯？妳看來精神很好呀！」

「什麼？我的、哪裡、讓你、愕然、你給我說清楚！」

「那個、因為！根本就是！等！喔唔！啊唔！」

兩人的對話隨著抱枕從上下左右攻擊臉部而打斷。

「你這隻……你這隻！笨狗！笨狗！」

「灰塵！都飛起來啦！住手！唔噗！」

「囉唆！住嘴！哈……哈啾！」

「喔唔！喔唔！……哇嗚！鼻水！」

精神屈辱更甚物理傷害……正當大河打算阻擋竜兒最後的反擊時，「咕咕咕咕咕」……

肚子響起的聲音猶如斷層磨擦的聲音。

「哎呀。」

大河呆住，瞪大眼睛停住攻擊，不可思議低頭看著發出驚人聲響的肚子：

「剛剛那是什麼聲音啊？」

「哎呀個屁！那是妳自己肚子的聲音吧！搞什麼嘛！果然餓了吧！來吧！吃炸豬排囉。」

「我不是說我不吃了嗎？」

「比起妳說的話，我比較相信妳肚子的聲音。泰子也差不多要出門了……來，起來！」

「豬肉……是黑豬肉嗎？」

「黑豬肉黑豬肉。」

「我可以吃……油比較多的地方嗎？」

「啊，可以可以。」

繃著一張臉，大河總算從毯子築的巢裡站起身來。先幫她擤擤鼻涕，接著要她確認窗戶關妥、鑰匙拿了、穿上涼鞋——竜兒總算成功將大河帶出大樓。

兩人在更加蔚藍的天空下隔著一段距離走著，正準備爬上出租房屋的樓梯時——

「小竜！」

泰子從門裡探出一張哭泣的臉，看來她似乎很規矩等到兩個人回來再開動。

「吃炸豬排卻沒有豬排醬，真是太慘了～！」

泰子一手拿著筷子，一手晃著豬排醬的空瓶，告訴這個兒子衝擊性的消息。

竜兒與大河馬上改變方向，以小跑步的方式朝距離最近的便利商店前進。竜兒衝向放有豬排醬的架子，大河則自顧自的走向雜誌展示架。

買好豬排醬——

「快點！我們趕時間，趕快走囉！」

竜兒用便利商店的袋子敲敲大河的屁股，大河不高興轉過頭：

「知道啦！吵死了！不要摸人家屁股啦！你這個好色狗！還要看一下這個……啊……」

啪啦啪啦啪啦，快速翻動雜誌的手指突然停住，然後抓住正準備離開便利商店的竜兒衣擺，把他拉回來。

「喂！你看這個！」

大河把那一頁遞到竜兒面前。「什麼啦？」轉過頭的竜兒也因為那頁報導停下腳步。

「這不是川嶋亞美嗎？」

攤開的頁面下方有一則小消息，裡面是身穿便服的亞美。上面寫著：

『——亞美自本月號開始因為課業的關係暫時休息。期待再會喔！』

「這是退出模特兒界的意思嗎？」

「因為搬到這邊來而停止工作？我們學校有這種價值嗎……？」

總覺得無法接受。

「喂！現在不是做這種事情的時候。不快點回家，泰子上班會遲到！」

收拾雜誌，兩人跑步離開便利商店，準備穿越停車場來到大馬路時——

「嗯？」

「那是怎麼回事？」

兩人幾乎同時發現奇怪的物體而停下腳步，不由得互看對方。

兩人面前有個打扮特異的人物與他們錯身走進便利商店。一身黑色的運動套裝、戴著口罩、明明是晚上卻戴著太陽眼鏡、帽簷加大的棒球帽……可是修長的手腳、光澤亮麗的頭髮、小小的臉蛋、絕佳的身形，無論從哪個角度看，都是鎮上唯一一位模特兒——就是剛才在雜誌上看到的那位。

連大河也不高興地皺起眉頭。

「那是……那個吧……」

「說曹操曹操就到……話說回來，那是什麼打扮啊？」

由於那副模樣實在太過詭異，反而更引人側目。假設這裡是廣尾或麻布，藝人再怎麼裝扮遮掩沒化妝打扮的臉，氣氛仍然會與街道融為一體……然而這裡是住宅區，搞不好會被誤認為是身材不錯的便利商店搶匪而報警呢！到時可就怨不得別人了。

亞美以那副打扮走進便利商店，理所當然的拿起籃子，接下來才是最精彩的——她以驚人的氣勢將架子上排放的點心與冰品放入籃子、再來是便當、熟食、甜麵包、還有寶特瓶裝的肥胖元凶——甜甜的碳酸飲料。店員從收銀台探出身子盯著她的舉動。

「怪傢伙……是要開轟趴嗎？」

「不對……那是……嗯～原來是這麼一回事啊……我們看到有趣的畫面囉。」

大河小聲地「呼呼」笑了出來，搶先快步走開。自己一個人到底在說些什麼？看起來也沒有告訴我的打算。

「竜兒，用跑的囉！」

「啊、喔！」

這麼說才想到還得快點回去才行。剛剛發生的事情暫且放一邊，竜兒與大河走在柏油路上，一起朝有炸豬排的高須家前進。

在這段路上，大河莫名開心，嘴邊不斷露出微笑。

4

在二年C班的女生中，說起「醒目組」的中心，就是——

「亞美～我們看了昨天的雜誌囉～！」

放假隔天來上課的木原麻耶，直長髮已染成明亮的顏色——女孩子覺得超棒，男孩子則是噓聲不斷。

「上面寫說妳的模特兒工作要暫時休息一段時間，是真的嗎？」

香椎奈奈子——嘴邊的小黑痣為她更添姿色。交情很好的兩人聚在一起，綻放出加倍華麗。她們一向亞美搭話，熱鬧氣氛立刻引來其他女孩子。

「麻耶，謝謝妳們看這一期的雜誌～！是啊，工作方面我想暫時休息一陣子。」

儼然成為「醒目組」頂點的亞美正在放送令人眩目的微笑環顧四周，此話一出，立刻讓四周的女孩子齊聲大喊：「好可惜～喔！」

另外一旁則是有人偷偷望著她們——

「總覺得班上女生的偏差值一口氣提高不少……同班同學太棒了，學妹還是比不上！」

「沒錯沒錯！彼此清楚對方的為人，在這樣的前提下發展戀情才是王道！啊～！四月剛成為班上的一員時，我還在想，這下可好了，高須和掌中老虎都在這個班上……擔心未來不知會怎麼樣，還一度十分BLUE。回想起來，自己真是太幸運了……班上有麻耶還有香椎，最棒的是亞美……只看臉的話，掌中老虎也超可愛……太可愛了、大家都太可愛了！」

竜兒被夾在黑框眼鏡男能登久光，以及笑容滿面的輕薄長髮男春田浩次中間，裝作沒聽見他們的對話，眼神飄渺地拿針線包修補被扯掉的袖扣。心想：「可以這麼想真是幸福啊！」不過，還是沒說出口，畢竟他是個和平主義者。順便一提，能登與春田兩人組昨天和一年級女生的聯誼，聽說在麥當勞之後跑去KTV唱歌，兩個人都出了不少錢，最後只換來一句「多謝招待——！」連個MAIL都沒留。

「啊，丸尾！喂喂~丸尾，亞美要暫停模特兒的工作，你身為亞美的青梅竹馬，不覺得這樣很可惜嗎？」

麻耶出聲叫住從旁路過的北村。被班上女生暱稱為「丸尾」的北村推推眼鏡轉頭：

「如果亞美已經做出這種決定，那也沒什麼不好吧？念完高中畢業之後再重新開始也不錯呀！」

「什麼啊~！長得那麼可愛，這麼做太可惜了！丸尾，你對亞美太冷漠了！竟然說什麼『已經做出這種決定』！」

是——呀！是——呀！北村被包圍在高亢的聲音裡。那些聲音是笑聲加上熱鬧，完全沒有任何侮蔑或怒氣。對女孩子來說，北村不過是「大家的可愛玩具」。

「這個隱藏式人氣男……我也來戴個眼鏡好了……」

春田輕聲細語的內容，讓一旁沒人氣眼鏡男能登的表情瞬時變得很怪。

連聲回答「是──是──」的北村只能苦笑聳聳肩，趕忙從可愛度全班第一的女生小團體裡連滾帶爬──

「啊！你們都在這裡呀。」

他來到竜兒幾個人身邊，臉上的表情彷彿看到救星。

「可惡！滾回去！滾回去！你這個貴族！這種窮鄉僻壤，不是你這種尊貴之人可以過來的地方！」

「呀～真是好笑！請你以笑翻全世界為目標吧！」

北村以笑臉敷衍春田的攻擊，逕自占據竜兒前面的位置。如果圍繞著亞美的熱鬧團體是「陽」，這裡就是「陰」沉的男生四人組。

「真的沒有什麼好可惜啦！」

引人注目的亞美聲音變得更加開朗，響徹休息時間的教室裡。

「我希望能夠像現在這樣開心度過普通學校生活，所以停掉工作也沒關係。而且我還有這──麼多朋友，對我來說，現在是最棒的時刻。因為有妳們在，所以我很幸福喔！」

怎麼會有這麼好的女孩子呀～！亞美人真的太好了！女孩子間此起彼落發出近乎感嘆的嘆息。竜兒不由得偷偷看了一下北村端正的側臉，雖然北村仍在和春田說笑，還是看到他隱約小聲嘆了口氣。

「這樣啊……也對！如果還要當模特兒會忙不過來吧？再說減肥也很辛苦，很難過普通高中女生的生活吧？」

奈奈子點點頭，麻耶也接著說：「沒錯沒錯！」然後睜大眼睛：

「亞美，我一直想問妳……妳好瘦喔！應該有在減肥吧？有沒有什麼模特兒御用的減肥妙方呢？教教我嘛～拜託拜託～！」

「嗯！告訴我！告訴我！」

「咦？亞美的減肥妙方？我也想知道～！」

一說到減肥，亞美身邊的人群又變得更多、更狂熱了。可是亞美只是小聲「哎呀。」然後輕輕微笑接著說：

「我沒在減肥所以不太清楚耶～我原本就是不會胖的體質，想吃什麼就吃什麼，所以只要吃得健康就不會發胖囉。我也很喜歡吃甜點，而且忍耐不吃對皮膚不好喔！」

接著又微微一笑。

或者該說是嘴角隱約帶點嘲諷含義動了一下。

不知是誰小聲地說：

「體質……」

「嗯——」

「原來如此啊——」

「我都不曉得……」

「這樣啊……」

——亞美應該注意到四周的空氣瞬間下降三度了吧。

應該注意到麻耶的嘴巴停住——她每天忍耐，這半年來中午只吃沙拉配烏龍茶。

應該注意到奈奈子的眼皮痙攣——她昨天拚命走路，就連爸爸帶回來的壽司也不吃。

無論她如何裝出好孩子的樣子，但是從出其不意的破綻中，還是能夠隱約看出本性——

就連竜兒都能夠看出女孩子們的視線霎時變得冰冷。

「這可不能聽過就算！」

喀噠！椅子被踹開，蘊含怒氣的叫聲撼動冰冷的空氣。

在一片寧靜的教室裡，有名少女緩步向前——太陽穴的位置出現十字形血管，雙手拳頭發出喀喀聲響……

她的名字是櫛枝実乃梨——不只是社團活動，在下課後、打工回家的途中，每天一定要跑上很長一段路，是個持續不間斷的超強毅力少女。

「一看就知道，我可是減肥戰士喔……」

竜兒不禁偏著頭，心想：這是騙人的吧？沒記錯的話應該是上個月，她才一個人吃掉一整個水桶的布丁……可是看起來好像是真的，憤怒之火正在帶著笑容的眼中燃燒。然後在実乃梨的旁邊——

「大河，妳在我身旁吧？」

「喔！」

與実乃梨友誼堅定的野獸逢坂大河輕輕移動身體。竜兒認為這傢伙應該和減肥無緣吧？明明可以一口氣吃掉兩片炸豬排。不過大河是個為了死黨可以兩肋插刀的女孩子。

「上吧！大河！」

「嘿！小実！上吧！」

「OK，大河！上吧！」

兩人突然張開雙手，快速側步切入那群女孩子之中。

「咦！等、幹、幹什麼！」

兩人把坐在中間的亞美圍住。其他女孩子一邊尖叫，一邊冷淡地離開現場，沒有人想要保護亞美。大河與実乃梨的合作相當完美，再加上兩人的運動神經很好，一下子就追上起身企圖逃走的亞美，然後繞著她團團轉，讓她無處可逃。

「咦！妳、妳們幹嘛啦！」

「呼哈哈哈哈！大小姐，妳能穿越我們的防守嗎？」

「我個子矮真是抱歉啊！名字怪真是對不起啊！」

「名、名字？什麼意思！」

看見亞美露出一臉困惑、不知所措的表情。可是面對兩人有如銅牆鐵壁般的防守，根本反應不過來，只能站在那裡不知所措。

竜兒看了一下北村，不幫她沒關係嗎？只聽見他發出有如歐巴桑的「哎呀——」，卻看不出他有起身的打算。

「有人在欺負人！」

「掌中老虎和櫛枝在欺負亞美！」

這時才發現大家都在四周看好戲，沒有一個人肯出手幫忙。

「要上囉？川嶋同學！」

実乃梨的嘴唇出現冷笑、大河繞到亞美背後架住她，然後——

「住手！妳們兩個！幹什……呀！呀————！」

亞美發出慘叫，実乃梨的雙手跟蛇一樣不斷地揪著亞美藏在制服外套下的小腹。

「哦……哎呀呀、哎呀呀……」

「唔咕……」

実乃梨臉上的微笑，讓亞美的表情害怕緊繃。只見実乃梨緩緩舔了一下嘴唇：

「報告老師————！川嶋同學的肚子有肥肉————！」

她已經把靈魂賣給惡魔了。只見她一邊搓揉手中的肉一邊說：

「妳看妳看妳看妳看妳看妳看妳看妳看妳看————！遠足規定不能帶超過三百圓的肉喔！這就是價值三百圓的贅肉嗎！咦咦？香蕉不能配肉吧！」

「住手住手住手呀啊————！」

伸入制服中的雙手激烈搖晃。男同學全都臉紅了，某方面的幻想加速前進。

「喔喔喔～～這邊倒是滿有料的嘛！哼哼！」

「不要不要啊～～哇哇哇、住手————！」

「什麼天生體質不會胖啊？混蛋傢伙————！那這是什麼？什麼啊！這邊又是什麼啊？妳說啊！說啊！」

「不要、住手、呀啊啊啊啊啊！」

「哇～哈哈哈哈！這些是肉包的分！啊～哈哈哈哈哈哈哈哈！這邊是Haagen-Dazs的分！接招吧！便利商店神拳・全家便利商店的閃光！高・卡・路・里————！」

「我叫妳住手呀————！」

実乃梨的拳畫出金黃色的軌跡，只看到不多但確實存在的小腹呈八字形抖動。

亞美的慘叫聲伴隨長長的尾音，消失在空中。

咕嚕。在場的每個人都倒吸一口氣，陷入一片寂靜。

大河緩緩將架住的身體放開。愚蠢的傢伙跪倒地上，渾身無力說不出話來。

実乃梨把拳頭放在胸前，仰頭望天——

「以此獻給與星塵一同消失的減肥戰士之淚……！」

好不容易解脫的亞美雙手壓著凌亂的衣服，淒慘倒在地上。通紅的小臉懊惱看著地面，不曉得是在哭還是在發抖，不斷高低起伏。

「唔、唔、唔……！」

俯視亞美的慘況，実乃梨很滿意地瞇起眼睛：

「大河，妳的密報真是正確啊！」

同樣俯視亞美的大河也開心得笑不攏嘴：

「不不不、不愧是実乃梨，幹得好！」

接著她緩步走到亞美面前，兩眼似乎因為由衷的喜悅而閃閃發亮，臉頰呈現歡愉的薔薇色，翹起的嘴唇如飲血的野獸般鮮紅。

「川嶋同學，跟妳介紹一下。這位是我的死黨小実，我當然還有竜兒之外的朋友！」

「4649（註：在日文裡與請多指教的發音接近）！」

実乃梨笑著舉起手打招呼。然後一旁的大河指著亞美——

「也就是說——這是隱性肥胖！妳吃太多了！」

鏗————！

她直言不諱地宣布，讓亞美的肩膀突然失去力氣而垮下。「啊——哈哈哈哈哈！」実乃梨與大河搭著肩膀放聲大笑，然後互相擊掌「妳太棒了！」、「妳才是！」……兩個惡魔彼此稱讚，互碰了臉頰之後離去。最後轉過身來：

「妳要不要去跑馬拉松啊？黑色運動服一定很適合妳唷！」

大河趁勝追擊的一句話讓亞美霍然抬頭。用大拇指擦去眼角的淚水之後，或許是注意到自己昨天到便利商店買東西時被她看到：

「無論是馬拉松還是其他的我都有在持續努力啊！還有原地轉圈之類的……妳這個該死的矮冬……」

「亞美、妳沒事吧～？」

亞美硬是將最後一個字吞下去，努力微笑，想辦法裝出好孩子的樣子。

「沒、沒事……」

朝伸出援手的女孩子露出微笑的專家毅力真是教人感動……

「超可憐的～！亞美一點也不胖啊！」

「呀——好可怕喔～竟然被逢坂她們這樣暴力相待！」

女孩子說的話聽起來雖然溫柔，但似乎帶有嘲笑的味道。帶著笑容站起身來的亞美緊咬牙根，看起來好像在忍耐這份屈辱。微笑天使的面具也快要碎裂剝落。

「那些傢伙……是惡魔。」

見識到実乃梨全新一面的竜兒，開心地把那副模樣藏進心裡，不過他還是忍不住唸上幾句。她們的做法是在「拯救」亞美吧？但是……實在有點太過分了。他不禁覺得亞美很可憐。然而——

「原來如此啊……」

北村不曉得一個人在認同些什麼，微微頷首。

「那樣對她，亞美就會變成那個樣子……」

竜兒想問，到底是哪個樣子？不過宣告休息時間結束的鐘聲，比竜兒快上一步。

＊＊＊

在白天時間較長的初夏，太陽終於要下山了。

枝葉茂密的山毛櫸林蔭道上，行人熱鬧往來——外出購物的主婦、社團活動結束之後成群騎車回家的國中生、帶狗散步的小孩、掛著白色耳機的學生，每個人都以悠閒的模樣走在微冷的風中。

在擁擠的超市買完東西，竜兒與大河也加入人潮之中，在淺藍天空下朝高須家前進。

在學校發生的那件事，似乎大幅紓解大河的壓力。

「哼♪哼♪」

稍微走在竜兒前面的大河搖頭晃腦哼著歌，完全沒有昨天的沮喪模樣。這真是難得一見的景象——不過竜兒一句話也沒說，雙手提著購物袋跟在後頭。如果真的說出「真稀奇啊！」之類的話，這個性情乖僻的傢伙一定馬上停止。有些走調的歌中充滿少見的樂趣。

竜兒聽見擦身而過的小女孩詢問身旁的媽媽：「那個姊姊是公主嗎？」大河穿著的確會讓小朋友誤以為是童話故事中的公主——淺綠色的開襟毛衣裡穿著小花圖樣的連身洋裝，裙子上的鈕子打開，可以看到裡面的多層次波浪邊純白蕾絲內搭裙，蓬鬆的設計分量十足，讓大河嬌小的身子更顯可愛。就連微捲的長髮上也少見地繫上緞帶，還有小型串珠手提包和白色的華麗涼鞋，這些都是竜兒第一次看到的配件。

跟平常的打扮差不多，只不過今天似乎是特別豪華版。看來心情真的很好。

從學校回家時，她說：「我先回家一趟，要去買東西時再過來接我。」然後露出微笑（！）不知不覺朝竜兒身邊的北村揮手說再見——之前明明還會滿臉通紅、雙眼圓睜、發不出聲音而且臉部僵硬呢！北村回了「喔！」之後，就看到大河雀躍離開現場。

這也是託大河好心情的福吧。

「喂，竜兒……」

「嗯？」

她突然轉過身，放慢速度配合竜兒的步調走在他的身邊——這也是平常幾乎不會出現的狀況。大河平常的位置不是身為主人理所當然的「前面」，不然就是繃著臉生氣時的「後面」，兩種選一種。

「今天要烤鮭魚嗎？」

不太正常的大河以穩重的聲音發問。這也讓竜兒感動不已……這種感覺也不壞。

「嗯——不，應該是奶油煎鮭魚吧。撒些胡椒、鹽巴，再沾點麵粉，然後用奶油煎，最後再沾番茄醬，很好吃喔！」

「那個不錯！聽起來好像很好吃！」

兩人的對話內容就像夫妻一樣。可是下一瞬間就投下震撼彈——

「對了！我來做沙拉吧！」

「……」

啪喀！購物袋由竜兒的雙手滑落。

「你幹嘛？」

大河不滿地嘟起嘴來，仰視睜大眼睛的竜兒。不過怒氣只有平常的三成左右。

「沒、沒什麼……嚇我一跳。剛剛……好像聽到什麼。八成是幻聽吧……沒錯、幻聽！」

嚇死人嚇死人——竜兒撿起購物袋再度向前走，企圖把一切當作沒發生過。

「才不是咧！我至少會做個沙拉什麼的吧！」

事情哪有那麼簡單的？平日吃完飯後都不太會把碗筷拿到廚房的大河，竟然說要做沙拉？住家附近的便當店倒了就差點餓死的大河，竟然說要做沙拉？我不是在作夢吧……？竜兒驚訝到說不出話，緩慢搖了搖頭。

「不、不可能。」

「為什麼？你太低估我了啦！」

大河的鼻子發出冷笑，得意洋洋挺起沒什麼料的胸部叉開雙腿站立：

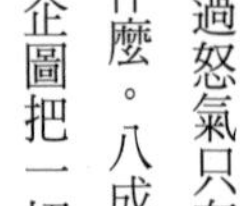

「我小學實習課做過沙拉喔！就連沙拉醬都是自己做的！」

「那……妳說說看步驟。」

「小意思。先買萵苣、然後把葉子拔下來、切絲、裝盤、擠上美乃滋……你看，這不就完成了嗎？」

「完全不行。」

竜兒很乾脆地搖頭。

「我不是討厭簡單的沙拉，只是萵苣要先洗過吧？然後泡水。再說沙拉醬跑哪去了？」

「那種小地方就……」

「一點也不小！特別是萵苣沒先過一下冷水的話，就會變得爛爛的、很難吃喔！」

「惡婆婆……」

「嗯？」

聽到大河說出意想不到的稱呼方式，竜兒雙眼閃起銳利的光芒。大河拋下竜兒，自顧自走在前頭。

「竜兒是惡婆婆！不讓媳婦在家裡有發言權、也不讓人使用廚房的惡婆婆！只肯讓身為苦命媳婦的我打掃浴室、廁所或是劈劈柴……」

「我什麼時候要妳打掃浴室跟廁所了！劈柴？妳會劈就劈啊！再說，妳是誰的媳婦啊！」

「……」

「不准無視我的存在！」

「笨狗婆婆！」

「妳不覺得繞口嗎？」

最後又一如往常重複毫無意義的鬥嘴。就在兩人來到最後一個轉角，抵達大河家的大樓與高須家的家門前時——

「總算追上了！」

有個東西突然從身後竄出，飛進竜兒的眼前，完全遮住走在前面的大河身影。

「什、什麼東西？」

那傢伙幾乎是以撲過來的姿勢抱著竜兒的手臂。對方雖然是緊緊抓住自己，卻感覺不到什麼重量，只覺得右手臂被輕飄飄的觸感壓住。

「剛才我看到你，馬上跑著追上來！拜託……假裝是我朋友！」

「啊……咦……？」

對方大口喘著氣，雪白的臉上一片陰鬱，纖細的身體貼近竜兒。原來是落入凡間的天使——才怪！竟然是列居黑名單第一名的川嶋亞美。今天雖然沒戴棒球帽和太陽眼鏡，不過身上還是全黑的運動服——不變的簡約打扮與太過美貌的容貌所形成的反差，反而更令她引人

注目。該不會真的聽大河的話，正在跑馬拉松吧？但是——

「高須同學，拜託你……」

苦苦哀求的聲音中透露由衷的害怕，呼吸也有些斷斷續續，她到底要竜兒幫什麼忙，竜兒一點頭緒也沒有。

「啊，那個……拜、拜託什麼？」

「那個人……」

纖纖細指用力抓著竜兒的手臂，手上冒汗微微顫抖。看來似乎發生什麼不尋常的事情。

竜兒連忙看向亞美的視線前端：

「那個人……在幹嘛？」

有個男人不自然地佇立在前方轉角處的電線桿陰影後方，竜兒不禁板起臉來。

沒在這附近看過那個傢伙——修長的體格，俐落的打扮，乍看之下像個大學生，可是隨身物品也未免太多了？雖然可以看出對方不是變態，但是一直躲在那裡，想必也不是什麼普通路人。那種姿態反而散發出一股詭異的氣氛，讓男人顯得更加顯眼。

亞美似乎非常害怕那個傢伙，拚命躲在竜兒的身體後面。而對方也不在乎自己是否被發現，仍舊繼續凝視亞美。

有點……不對，是非常恐怖。被亞美抱住的竜兒也有些畏縮。就在這時——

「也對，差不多……該做個了結……」

更恐怖的物體在亞美身後暗自準備。聽到充滿怨恨的呢喃，亞美轉過頭看著大河——剛才亞美撲進竜兒懷裡時，恐怕把她撞倒了吧——大河緩緩站起：

「我叫妳去跑馬拉松，可是沒叫妳跑到我面前啊！妳這該死的傢伙……看我還不把妳變成一條破布！」

蹲低姿勢，以有如拳擊選手的姿態雙腳前後左右自在移動，一手握拳，另一隻手不停揮舞「來呀！」挑釁對方，雙眼閃著饑渴……

「拜託妳也看一下情況……看！懂了吧？」

簡直就是「前門拒虎（發飆的大河），後門進狼（怪人）」的局面。沒想到竟然在此忠實呈現了成語的場景。竜兒的脖子不斷一百八十度晃動企圖暗示大河，想辦法安撫這隻失去理智的猛獸。亞美完全沒把大河放在心上，避免與可疑男子四目相對而咕碌碌轉動眼珠。

然後——

「好可怕……」

她緊緊摟住竜兒的肩膀，把臉埋進他的胸口。

看到這個動作，大河有如洋娃娃般的美貌不停發抖，逐漸扭曲，像是被人由左上方與右下方拉開，到了某個程度——啪嘰！竜兒的耳朵確實聽見某個東西斷裂的聲音。

「聽我搜法（說話）啊啊啊啊啊——————！」

太過亢奮而口齒不清的大河大聲吼叫，同時用連電線桿都能踢倒的驚人腳力全力一踹，踢飛一旁的資源回收桶。理應很重的資源回收桶就這樣飛過亞美與竜兒的頭頂，朝數公尺外的可疑人物飛去，最後落在男人的腳邊，發出轟然巨響。

「……！」

那個男人也嚇到了吧？他倒退數步後順勢轉身，冷不防地拔腿就跑。

「嗯……那傢伙是？」

看到男人逃離的背影，大河這才注意到那傢伙的存在，高漲的殺氣瞬間煙消雲散。

「死變態！」

從嘴裡吐出露骨的厭惡。

亞美總算能夠繼續呼吸。她的身體離開竜兒的手臂，不過腳步還是搖搖晃晃。

「妳還好吧？」

「啊，嗯……好久沒有這麼認真跑步了，所以……糟糕，膝蓋不停發抖……」

亞美裝出一副開玩笑的樣子，可是僵硬緊繃的表情和平常的完美笑容有一大段差距。

「剛剛的男人是怎麼回事？妳朋友？」

竜兒伸手扶住她並且開口發問。亞美只是含糊聳聳肩：

「那個……呃……我正要去……買東西……他就靠過來……可能……是某個奇怪的支持者吧……偶爾會遇到那種人……」

眼睛不安地游移。看到她那個樣子，竜兒與大河不禁面面相覷——明明很害怕，卻還猜測對方是「支持者」，總覺得有點怪……緊接著亞美對著竜兒合掌拜託：

「拜託！我不敢一個人回家，那傢伙說不定還在附近……一下子就好，可以讓我躲在你家嗎？拜託！」

表情不是平常那個好孩子的樣子，而是真心的模樣。

竜兒想了一下說：

「一個是木造租屋的二樓、一個是剛蓋好一年的頂級大樓二樓，妳要躲哪裡？」

「這裡！」

亞美毫不猶豫指向大樓。竜兒斜眼窺視大河——她會如何答覆？

「那邊是我家喔……可以呀！來吧！我也覺得躲一下比較好。」

「咦……妳家？開什麼玩笑！我怎麼知道妳會不會對我做出什麼事！」

亞美以厭惡的視線看著水火不容的大河。

「妳是白痴嗎！這種緊急時刻我怎麼會對妳做什麼！」

大河以一副嚴肅的表情對她搖搖頭，然後緊握亞美的手——

「如果真的出事就太遲了！不要猶豫，快來我家吧！」

「等一下，妳……是說真的嗎？真的嗎？」

「我先告訴妳，那邊那間木造房子是竜兒家，安全方面稍微有點問題……我就曾經在半夜從窗戶潛入竜兒家裡，準備殺了他……那真是易如反掌，比呼吸還簡單。」

不會吧？亞美抬頭看向竜兒。

「她說的是真的。」

竜兒點點頭。

亞美想了一會兒——

「可以嗎……？」

大眼睛緩緩上瞄，裝出心平氣和的樣子凝視大河。

「嗯嗯，當然可以。」

然後大河也毫不猶豫地點頭。竜兒有點感動，不禁認真地說：

「妳……真是個好傢伙啊！」

「這種時候也是沒辦法的啊！我又不是冷酷無情的人。」

大河的嘴角揚起微笑，抓住有些猶豫的亞美，力量大到教人有點介意。

「川嶋同學，我們之間雖然發生過不少事情，今天就暫時休戰吧！竜兒家裡有個忙碌的媽媽，還有隻醜斃了的變態鸚鵡，妳選擇我家絕對是正確的！」

看在大河體貼的分上，竜兒就姑且裝作沒聽見她對自家寵物無禮的發言。亞美還是有幾分猶豫，可是抓住她肩膀的大河已經把她拖進大樓的入口大廳了。

「啊！大河，晚飯怎麼辦？」

「先幫我留著，我晚點再去吃……肚子空空，動作也比較俐落！」

連追問話中含義的時間都沒有，大河與亞美就消失在大樓裡。

大河很晚才到高須家吃飯。

「我們那裡很熱鬧喔！真是太棒了！」

她臉上掛著微笑，心情莫名地好，一塊鮭魚就配了三碗飯。

5

「啊……！」

竜兒嚇了一跳，忍不住向後仰。

一如往常和大河保持若即若離的距離一起上學，就在走入教室坐進位子時——

「昨天真的謝謝你。」亞美邊說邊走近竜兒，她的臉……

「發、發生什麼事？」

「沒什麼……只是……」

在閃亮眩目的初夏朝陽中——亞美的臉驟然消瘦，樣子看起來憔悴不堪、似乎累到極點，連聲音也有些沙啞。和昨天相比，整個人完全變了副模樣。

「怎麼……妳看起來很累的樣子……」

「看得出來嗎……？」

唉——她可憐兮兮嘆了口氣，臉上面無表情，一點都不像平常的她。亞美拉過手邊的椅子坐下，雙手擺在竜兒桌上，憂鬱地皺著眉頭：

「一定是昨天的疲勞沒有完全消除吧……」

她直接趴在桌上。不知是沐浴乳？還是肥皂？或是香水？鼻子聞到一股清淡的甜香。竜兒有點動搖，雙眼像野獸般閃爍。不過他還是想辦法保持平靜，用男人的方式酷酷的說：

「昨天遇到那麼可怕的事情，會累也是沒辦法的。」

「才不是呢！」

亞美抬起雪白的臉，閃著溫和光芒的眼瞳凝視竜兒。
「我們在逢坂大河家的大樓……就這樣那樣五個小時……不，六小時……」
「大、大河做了什麼？」
「跳舞跳個不停、還有唱歌唱個不停……」
跳舞？唱歌……？
真是太出乎意料了！不過亞美沒理他，只是「呼……」一聲，視線疲倦地看向遠方：
「她威脅如果不聽她話就要趕我出去……直到三更半夜……我只能乖乖照做……」
「她、她要妳做什麼？」
「模仿秀．連續一百五十種……」
亞美把臉靠在竜兒桌上，不停喃喃自語：「一直到學到像為止……烏干達（註：在日本發展的外國搞笑藝人）……法爾康（註：遊戲《F-ZERO》裡的登場角色）……亞美美好想死。」遠處的春田與能登竊竊私語「小登！那傢伙是資產階級嗎？」、「臭小子！給我想想今後的友誼！」竜兒注意到他們正滿懷妒意瞪著這邊，可是現在沒空理他們。
「太殘忍了……！」
竜兒想起大河招待亞美進入大樓時看似溫柔的笑容，還有後來以熊冬眠前的氣勢狂吃奶油煎鮭魚時的好心情，一陣寒意不禁由心底升起。

抬頭一看，大河正和実乃梨靠在一起，因為什麼事情而開懷大笑，可以看出她現在的心情真是好極了。事到如今，竜兒總算明白——大河心情好的時候，背後一定有某人陷入地獄的深淵——如同眼前的亞美。

他再度望向大河端正的側臉，心想：真是個可怕的傢伙啊！

「可以打個岔嗎？」

北村突然介入大河與実乃梨的談話。到底是為了什麼事情？雖然聽不見談話的內容，不過可以預料大河的心情更好了。

大河沒看向北村的臉，逕自盯著実乃梨；亞美繼續碎碎唸：「松本清張（註：日本社會派推理小說創始者，代表作為《砂之器》）……明智光秀（註：日本戰國時代武將。以在「本能寺之變」弒殺主君織田信長聞名）……」還有這要怎麼唱歌跳舞，似乎正在回顧不斷增加的模仿清單。竜兒來回看著大河與亞美，不禁覺得——

這真的是天堂與地獄。

然而事情並沒有眼前看到的這麼簡單。

竜兒注意到自己的錯誤，是在午休時間快速從書包裡拿出便當，正打算前往置物櫃拿筷子（每天飯後都會徹底洗淨）時。

「唔啊——！」

「唔啊——！妳搞什麼！」

「……」

在路上遇上可怕的殺人狂。

殺人狂正是繃著臉悶不吭聲的大河、使用的凶器是剛買來的冰涼烏龍茶。經過她旁邊時，那傢伙竟然用烏龍茶貼上竜兒敏感的脖子。竜兒嚇得跳起來轉過身‥

「妳這傢伙啊！有話要說的話……唔哇——！我說住手……唔啊——！」

不管竜兒怎麼閃避，大河還是不停用冰涼烏龍茶發動攻擊。竜兒瞇起眼睛，好像快發飆了，一邊咬牙切齒，鼻子上擠出猙獰的皺紋。

「我的胸口快要裂開了……！」

「什、什麼？」

「好痛苦啊！」

「唔啊——！別鬧了！現在痛苦的人是我吧！」

竜兒終於奪下大河手中的烏龍茶罐，高舉到她搆不到的地方。大河就像動物園裡患了歇斯底里症的老虎，在竜兒的四周不停走動。

「啊～討厭討厭……！為什麼……？」

她不斷喃喃自語。

「什麼啦？到底發生什麼事了？」

「……嗚嗚～煩死了，可是、可是可是……」

「喂！」

「喵！」

竜兒忍不住將自己手上的冰烏龍茶罐抵住大河的鼻子。大河壓著鼻子跳起來：

「你幹嘛啦！」

「痛痛痛痛痛！」

大河惦起腳尖伸長手臂捏住竜兒的臉頰，看來她總算回神了——

「真是的……沾到你臉上的油了啦！」

「妳的指甲印還不是留在我臉上！喂，有話快說！妳在不高興什麼？」

「就是……」

嗚——大河心不甘情不願地扭曲了臉，咬著嘴唇深呼吸之後，終於低聲開口以很快的速度說明究竟是什麼事情，讓她想要拿冰烏龍茶攻擊竜兒。

「北村同學……早上……跟我們說……叫我們和川嶋亞美當好朋友，叫我們今天找她一起吃午餐……」

「為、為什麼……？」

竜兒的眼睛眨了兩下，結巴地說。

「我也想知道啊！」

竜兒了解大河呻吟的心情。再怎麼說，這也太強人所難了吧？在家庭餐廳的第一次吵架、和実乃梨一起攻擊她——這一切北村都看在眼裡啊！明知如此，為什麼還會這樣要求？難道北村覺得大河與亞美能夠成為好朋友嗎？如果是這樣，那他的眼鏡真的該換了。

「這種事情……無論對誰來說都不是好事啊……」

竜兒低聲嘀咕，與臉上露出可憐表情的大河互相凝視。

按照大河的說法，北村早上和大河說的就是這種事。

『我也知道亞美的性格惡劣，但她如果老是以面具示人，那永遠也交不到真正的朋友。所以我想拜託知道本性的逢坂，以及逢坂最好的朋友櫛枝照顧她。逢坂，妳是少數我能夠託付的女性朋友了！』——以上是北村的說法。

「啊——！」

說完與北村對話的內容，大河小小的身子扭啊扭的，心中滿是不知所措的苦悶。

「我想拒絕……可是又拒絕不了……開什麼玩笑啊……可是這是北村同學的請託……為什麼他只在意那傢伙啊……唔唔~嗯、唔唔唔~~嗯、唔唔唔唔~~~嗯!」

大河一邊嚷嚷一邊抱頭，最後在竜兒的腳邊蹲下，竜兒連忙跟著蹲下。

「喂，腦血管會爆開喔!」

「因、因為……!竜兒……他說朋友……!我只是他的朋友……!我是他少數能夠託付的女性朋友……咦?這好像應該要開心吧?不對!一點也不開心!可是他拜託我耶……該高興……可是一點也不高興!」

竜兒也感到苦悶了起來。很少有機會能夠親眼見識煩惱到這種地步的人，竜兒不知道該說什麼，只好靜靜看著她。

「啊啊啊，不過……不過、不過、不過!」

大河緊閉雙眼，抓著竜兒的衣袖使勁用力，張開嘴巴用力吸了幾口氣，最後終於「嗯!」地大力點頭，似乎有了決定。

「動心忍性……忍辱負重!」

「我似乎能夠體會。」

竜兒頷首，眼前的大河突然站起身大步前進，目標只有一個──

「過來這裡。吃飯了。」

大河來到她面前時，亞美正拿著便當準備從自己的座位起身，「亞美——！快點，我們去屋頂吧——！」麻耶與奈奈子在不遠之處等著亞美。

聽到這句話不禁傻眼的川嶋亞美抬頭向上看，嘴巴半開。

亞美眨了幾次眼睛「什麼……？」總算找回自己的步調。她以清澄到令人怨恨的微笑回望大河：

「妳說什麼啊？我跟麻耶她們約好了呢。」

「囉唆。」

「什……」

大河一句話就駁回亞美的抗議，還對著麻耶&奈奈子兩人組發出野獸般的低鳴聲。

「啊啊～原來如此呀！既然逢坂同學這麼說那就沒辦法囉。我們走吧，奈奈子。」

「是啊，沒辦法。亞美，我們下次再一起吃飯吧！」

兩人毫不猶豫，不過看來也沒有畏懼的樣子。直接在低吼聲面前點頭，向亞美揮手——

或許女孩子反而比較能夠理解掌中老虎這種生物。

亞美當然無法接受這個結果——

「妳在想什麼？幹嘛叫我過去？」

「一起吃午餐啊！」

「妳說什麼？別開玩笑了！為什麼我要跟妳一起吃午餐啊！呼～妳聽好，亞美美我可是有一大堆朋友——」

「當巴士導遊的麥克・傑克森……」

大河彷彿是在自言自語，突然低聲說——

「噫！」

「時速兩百公里過彎的蒙娜麗莎……偏偏要唱不會唱的西洋歌的淳君♂……這一切全部都在我家的數位相機……已經燒成光碟……標題是『某模特兒演出☆謎樣模仿秀・連續一百五十種』……搞不好會悄悄流出市面……」

「不、不要這樣！好啦！我知道了！和妳一起吃飯就行了吧？可惡——！」

淚眼汪汪的亞美忘了戴上面具，粗魯抱著便當往大河的座位移動。

実乃梨已經在那裡等待了。

「喲！川嶋同學！不好意思，我先開動了。」

筷子夾著巨大的蝴蝶結，舉到視線的高度……應該是滷海帶之類的吧？

「什、什麼？妳們兩個……我……我真是搞不懂妳們！」

「哎哎，客人，請坐吧！」

亞美被迫坐在実乃梨左邊——而且実乃梨的左臂還緊緊摟住她的肩膀。

「來~啊——」

她夾著海帶送到亞美嘴邊。

亞美大叫：

「我不要！」

「真好……」

在一旁觀看的竜兒情不自禁脫口而出……可以和実乃梨靠在一起、還可以聽見她對自己說：「來~啊——」、然後讓她輕輕把海帶送到嘴邊……啊——

「高須，你幹嘛張著嘴發呆？走啦！」

「嗯？呃？去哪？」

突然聽到有人叫他，竜兒這才回過神，發現北村不知從幾時站在自己身邊。他輕拍竜兒的肩膀：

「亞美她們那裡啊！我拜託逢坂和櫛枝找亞美一起吃飯，可是總不能只是拜託人家，自己完全不管吧？」

「那……又和我有什麼關係？」

「我沒辦法隻身走進正在吃便當的女生小團體裡啊！」

你一定沒問題的……心裡雖然這麼想，嘴上還是說：「真拿你沒辦法！」可以跟著北村

一起過去，早讓他的內心雀躍無比。這麼說或許對大河很抱歉，不過這真的是想都沒想過的絕讚好事。只要能夠與実乃梨一同度過午休時間，就算必須面對老虎與吉娃娃的對決場景也無所畏懼。

「喲！也讓我們湊一腳吧！」

「哎呀，這不是北村同學與高須同學嗎？你們坐這邊吧！」

笑臉迎接兩名男子加入的人就只有実乃梨而已。坐在她旁邊的亞美至今仍皺著眉，不停自言自語「為什麼？為什麼會變成這樣？」表達她的不滿。至於大河——

「……」

已經說不出話來了。她很介意突然出現、坐在自己右邊的北村嗎？無法直視他的眼神有點恍惚，薔薇色的嘴唇不知不覺放鬆，但還是——

「……！」

不經意想起斜對面的亞美，臉色瞬間緊繃起來。一注意到北村就放鬆，想起亞美的存在又緊繃，如此反反覆覆——她究竟經歷了多少情感波折呢？

「厲、厲害……」

就連竜兒也忍不住屏息，這真是太精彩了！大河的右邊臉對著北村，呈現為愛痴狂的表情，對著亞美的左邊臉則是一臉不爽——成功變成雙面人（註：動畫《無敵鐵金鋼》中，半邊男人半邊女人的敵方角色，原名為「阿修羅男爵」）。

而且在那種狀態下，無論是臉部或是精神狀態，都還能夠完美保持平衡。因為大河不喜歡亞美，所以就算北村在場，她也沒有雙手發抖，反而流暢地打開便當蓋。臉上表情雖然很嚇人，不過在場沒人對大河的表情有任何意見。

「來吧、來吧！吃便當了！偶爾和女生一起吃便當也不錯呢！」

「這是……祐作的詭計嗎？」

「嗯？妳說什麼？哇！櫛枝的便當還是這麼大！亞美，妳看妳看！」

「呵呵呵～雖然看起來很大，其實裡面還蠻空的喔……？看！這是MALONY（註：用馬鈴薯澱粉做的麵）、這是蒟蒻。」

竜兒悄悄盯著開心介紹自己便當配菜的実乃梨，品嘗這小小的幸福。插不上話也沒關係，只要能夠像現在這樣待在一旁，就已經是十二萬分的幸福了。

距離上次的「一起吃便當」作戰失敗已隔了一個月——這次終於能夠和実乃梨一起吃便當了。啊！多虧老虎大河與吉娃娃的緊張關係。

一面有所感慨地思考，一面準備打開便當——啊！竜兒的動作停了下來。又犯了和上一次同樣的錯誤！便當的菜色與大河完全一樣。

沒辦法……只能用便當蓋做掩護，別被其他人看到配菜吧！然而——

「啊——就是有這樣的人啊！喂喂、高須同學，幹嘛遮遮掩掩的啊！」

「啊！」

実乃梨快手奪去便當蓋，現出原貌的便當是毛豆煎蛋、洋蔥炒培根、白飯上面鋪有海苔……和大河吃的便當一模一樣。

「這……個……嗯——」

実乃梨來回比較兩個便當，思考了一會兒說：

「呃……這個、那個。對了！高須同學是什麼星座？」

她若無其事地把蓋子擺回原來的位置。

「雙、雙魚座。」

「馬桶座——開玩笑的啦！」

啊哈哈哈哈哈～可是她的眼裡已經沒有笑意。

或許実乃梨也是以自己的方式拚命思考吧？她也知道亞美與大河關係微妙地險惡，與其觸碰大河與竜兒之間的問題、刺激大河，不如保持此刻奇蹟般的平衡吧！

「吃、吃飯時間說那什麼話呀！」

「對不起～！其實是隨便坐！」

結果竜兒和実乃梨在不自覺間自然地聊了起來。真是有點幸運！才剛這麼想——

在防禦範圍外的亞美出乎意料地由對面伸手，再度打開竜兒的便當蓋——動作之快，讓竜兒來不及阻擋而僵在原地。

「為什麼逢坂同學和高須同學的便當一模一樣呢？這麼說來，昨天兩個人也一起……」

大河的眉毛一抖。

原本午休時間沸沸揚揚的教室裡，也在瞬間變得一片安靜。

「她問了……」、「她竟然問了耶……」、「竟然問了不該問的問題……」班上竊竊私語的低語聲充滿恐懼。

「咦？什、什麼？為什麼突然安靜下來？我做了什麼嗎？」

剛轉學的亞美當然不清楚。

如果過問掌中老虎與竜兒的關係，就等著迎接可怕的災難吧！這件事是全班同學切身的認知，所以每個人就算腦袋裡都認為這兩個人之間必然有什麼關係，也絕不敢說出口。既然掌中老虎說他們沒在交往，那就是沒在交往、既然她說不准再說這種無聊事，就絕對不要再說。然而新來的卻開口問了……

眾人緊張等待爆發時刻的來臨，沒人敢動筷，聊天的人也閉上嘴，全體側耳傾聽掌中老虎的動向——如果出現發飆的跡象，無論如何先逃就對了。

「怪傢伙，幹嘛那麼在意這種事？」

眾人的焦點大河，以平靜的語調開口回答。

意想不到的平靜，一如往常的平板語氣，表情也已變回平日的洋娃娃美貌。她開口說：

「這樣就沒問題了吧！」

「啊！我的……」

還來不及說什麼，大河已經伸手搶過竜兒的便當，嘴巴伸進便當裡「喀啦喀啦喀啦喀啦！」煎蛋和培根炒洋蔥全部在三秒之內消失一空。

然後臉頰塞得鼓鼓，嘴邊還黏著菜渣，一邊咀嚼一邊說：

「這樣、就沒、問題了吧？我是……煎蛋和洋蔥炒培根便當。竜兒是……海苔便當！」

變得很寂寞的便當盒終於回到竜兒手裡。班上各個角落紛紛傳來鬆了口氣的安心嘆息，然後又回到平常午休時間的熱鬧氣氛。似乎逃過一場掌中老虎之亂。

最可憐的人是竜兒。

「哪有這樣的……我的便當……！」

事情發生的太過突然，讓竜兒忍不住想哭。此時對面突然伸來一雙筷子，送給竜兒一顆肉丸子。

「好了！這麼一來高須同學就是肉丸子便當了。」

「川、川嶋……」

亞美帶著天使笑容將自己的菜分給竜兒。可是那張微笑的臉緊接著問：

「你為什麼任由逢坂同學胡來呢？你是不是被她抓到什麼把柄啊？」

正好觸碰到我心中最痛的地方——也不是被抓到什麼把柄，只是我有我的考量罷了……有些是時間點的關係……只不過這些當然不能說，所以竜兒只好無言地一動也不動。代替他回答的是——

「竜兒上輩子是我的狗啊！所以只要主人說什麼，他就會搖著尾巴回應，這就是身為狗的喜悅啊！」

一副了不起的大河露出光彩奪目的笑容，說出莫名其妙的答案。

「又來了～你們兩個分明就是天生一對～！」

照實乃梨的判斷基準來看，她大概認為現在是可以開玩笑的場合吧？竜兒與大河異口同聲地說：

「沒那回事、沒那回事。」

然後又同時搖頭。而亞美又是如何看待呢？

「嗯～～～感情真好……」

她稍略瞇起眼睛，像在唱歌般說道。可是竜兒隱約覺得自己好像聽見亞美說：「真無趣啊……」是自己聽錯了吧？

哼！大河笑了一聲，看來不把亞美放在眼裡。拿起筷子準備朝自己的便當進攻時——

「哎呀！不過逢坂真能吃呢。比起減肥什麼的，我倒覺得能吃比較好喔！」

「……！」

北村的話刺激到她了嗎？大河手上的筷子不由自主掉在地上。

不是說她胖、也不是說她瘦，而是說她「能吃」——這樣一句話等於是宣判女孩子死刑……特別是被單戀對象這麼說。

啊——竜兒也累了，只能靜靜盯著嘴巴不斷開闔的大河。

＊＊＊

當天放學下課敬完禮之後，大河總算有機會一雪中午的「大胃王」（雖然沒有人這麼說）汙名。

「喂——各位同學不好意思，請聽我說一下！」

北村的聲音響徹吵鬧的教室，開始打掃的同學紛紛抬起頭。

「呃——我想各位應該知道，今天是每個月慣例由學生會主辦的鎮內義務清潔大會的日子！事實上，這一次由於以往主要參加大會的三年級學長姊明天有校內模擬考的關係，因此參加人數非常少！希望各位能夠踴躍參加！」

回家回家。班上同學紛紛裝作沒聽見，繼續準備回家。竜兒也是其中之一，他雖然不討厭打掃，但是這個狀況例外——竜兒相當清楚，以「鎮」為範圍，無論怎麼掃也沒辦法完全打掃乾淨，只是徒留欲求不滿罷了。

這個每月慣例的鎮內義務清潔大會，是為了大學甄試有些危險的三年級學長姊而存在的補救措施。參加這項活動的話，可依參加次數在推薦書上加上這些特殊經歷，得到「熱心志工活動」或「具領導能力」等評語，也可以視場合加上「極為活躍」等特殊評語。因此參加者除了學生會的幹部外，大部分都是三年級學生。另外體育性社團則是每次輪流派出數名社員強制參加。這活動與一、二年級又非體育性社團的學生無關，因此不論北村如何呼籲大家參與，還是沒有人願意主動舉手——

「喔喔！高須！你願意參加嗎？」

「——哦？」

靈異現象。

竜兒的右手被某種神祕力量牽引而高高舉起。

「太好了！我等你喔！換上運動服後在校門口集合！哎呀、這樣我總算有臉面對會長了……如果沒人願意參加，我可就無顏以對囉！好啦，我已經把你的名字寫進名單裡了，不准落跑喔！」

心情很好的北村手拿著筆，腳步輕快地走出教室。

「等、等、等……等一下！」

原來抓住竜兒的右手往上舉的凶手，正是大河。她不知幾時靠近竜兒，「哼！」用力張開雙腿站立，抓住竜兒的手肘，盡全力舉到最高。

「喂！放開我！妳在幹什麼啊？說了要參加卻沒去的話，會被視為課外活動蹺課而扣分的耶！」

竜兒放下手臂，瞪著在他面前不安地咬著指甲的大河：

「我會負起責任……陪你一起參加。」

「啥……？咦咦？」

重點就是：我想要參加，所以你要陪我一起去。難為情的大河臉頰染成粉紅色，手指玩弄著制服的蝴蝶結，一面低聲細語：

「我不想被他認為我只是個很會吃的女生嘛……希望他認為我是為了要參加清潔大會，所以才會多吃一點，補充能量嘛……」

「我看妳只是單純想和北村在一起吧？」

「也可以這麼說啦！」

「那不用我作陪也無所謂吧？」

「因為我不好意思嘛！拜託你發揮一下想像力好嗎？真是遲鈍到極點的男人！」

正當竜兒力灌丹田，打算反擊的時候，突然有人戳了戳竜兒穿著立領學生服的背部。一轉頭發現：

「高須同學也要參加嗎？太好了！」

站在後面的人，正是手中拿著書包和運動服的実乃梨。

「這次輪到女子壘球社派人參加，所以身為社長的我自然得到場，正覺得很麻煩呢！接下來我們就是夥伴啦！」

今天的健康笑容也有如眩目的太陽般，照耀竜兒的內心。眼花撩亂、體溫上升，竜兒幾乎快要昏倒了。

「是……是嗎……？」

「是啊！可是你竟然自願參加耶！高須同學真了不起！我好感動喔！」

喔耶！被她誇獎了……！

竜兒雙手拚命隱藏自己通紅的臉頰，兩眼冒出殺氣——真是好丟臉！

「小実，我也會陪竜兒一起去喔！」

「啊，真的嗎？太好了！我們一起去換衣服吧！我在走廊等妳喔！」

「嗯，我馬上過去。」

兩人一起看著実乃梨走出教室的背影——

「喂……你沒有什麼話要對我說嗎？」

「謝、謝謝……！」

知道就好！大河點點頭。

「早點知道小実要參加，我就不找你去了。」

「我不記得妳找過我吧？我只記得妳硬是把我的手舉起來……」

不停鬥嘴的兩人心情很好，各自帶著運動服與書包走出教室。可是正當竜兒朝男子更衣室、大河與実乃梨往女子更衣室前進時——

「等等我！」

熱心的甜美聲音調讓三人停下腳步。竜兒轉過頭，忍不住想要推推臉上沒有的眼鏡。想來大河應該也是同樣想法吧？看到對方之後，猛然睜開雙眼，低聲呻吟：

「什麼……？」

可是——

「太好了，總算追上你們了！我也要參加喔！身為轉學生的我，也想要早點習慣學校的活動！」

帶著天使笑容的川嶋亞美對大河的瞪視無動於衷。

「呃……是北村要妳參加的嗎？我勸妳還是不要去。再說這也不算是學校活動。」

竜兒不禁對她提出忠告。然而亞美只是惹人憐愛地搖頭：

「祐作什麼也沒說，是我自己想參加的。而且不運動會長出肉來呀！對吧，実乃梨？」

「喔～原來如此，是想順便減肥嗎？」

実乃梨一點也不覺得驚訝，只是認同地點點頭。大河斜眼確認実乃梨的反應，無趣地皺著眉頭。

「我們走吧？」

然後亞美伸出細細的手臂，似乎要勾上竜兒的手臂——就在即將碰到竜兒的手時——

「唔……」

「新來的，女子更衣室在這邊喔。」

活像監獄老鳥的大河眼底浮現一抹陰影，右手從亞美身後牢牢抓住她的衣領，順勢拖著快窒息的亞美，與実乃梨一起前往女子更衣室。

「逢坂同學……我、我可以自己走！」

「沒關係沒關係。川嶋同學，就讓我為妳帶路吧！」

竜兒不自覺佇立在當場，望著眼前陰險的一來一往。啊！他總算回過神，想起男子更衣室到途中為止還在同一個方向，重新振作精神向前走，然後拍拍翻騰不已的胸口。
我們走吧？偏著頭看向這邊的亞美，臉上的表情莫名甜美、美麗且清澄……總之就是可愛到不行！姑且不看本性的話。
她是模特兒，可愛也是理所當然的，不過眼睛的確獲得保養，而且身為男人的心裡，也坦率地覺得有些高興。

『各位好！你們應該有所覺悟了吧！哪個混蛋敢落跑、我決不會放過你們！混帳東西！拿出毅力拚到底吧！』
過分男性化的語調，透過擴音器響遍整個為厚重雲層所覆蓋的灰暗運動場。
「今天的發言也令人感動不已！不愧是會長！」
站在擴音器主人身旁的學生會副會長北村不斷拍手。
二十幾名的學生聚集在放學後的校門口，大家臉上都帶著同樣尷尬的神情，仰望站在台階上大聲喊叫的清潔大會領導者……也就是學生會會長。走在回家路上的幸福同學，一面帶著看好戲的心態望向這邊，一面心想：「還在忙啊？」
「這、這是、怎麼回事……」

也難怪第一次看到這副光景的亞美會被嚇到。

「那位就是我們學校的學生會長。據說學生會長選舉時，她的競爭對手得票數是零。是一位倍受推崇的獨裁領導者喔！」

「哦……那麼他一定是為了這個原因吧……？」

「為了這個原因？」

「祐作以前曾經提到，他因為某位很了不起的學姊加入學生會……」

『手套戴了沒——？垃圾袋拿了沒——？清掃範圍確認了沒——？』

「是……」眾人有氣無力回應。

『混帳東西——！』

學生會長叉開雙腿直立，慷慨激昂地挺起胸膛向後仰，露出雪白的脖子大聲喊：

『少看不起這個鎮！你們那種要死不活的死樣子鐵定會被淘汰！混帳東西！給我鼓起幹勁好好回答！』

「是——！」

『夠了——！這個月按慣例進行鎮內清潔活動。注意別受傷了！一發現你們在路邊買東西吃的話立刻處罰！總之，別被發現了！』

學生會長——三年級的狩野堇一邊咧開嘴角露出似有若無的笑容，一邊撥開黑色長髮。

即使身穿運動服、戴上工作手套還有橡膠長靴，依然以相當端正的姿勢站著。雪白的肌膚、細長清秀的眼睛、光滑流洩而下的漆黑頭髮、沒塗口紅也是紅色的雙唇……外表看起來是個楚楚動人、溫柔婉約、清爽的和風大小姐，不過內在卻是——

『好——啦！你們這些傢伙，準備出發啦！目標是每人一袋滿滿的垃圾！這次參加的人數比較少，所以應該能夠輕鬆達成規定目標。雖然有「規定目標」，不過也有沒那麼嚴格啦！總而言之，不要讓校外居民看到你們散漫沒規矩的模樣，給我拿出你們的義工精神！』

彷彿連靈魂上都刻著「男子漢」、統御能力過人的女將軍……說得更直接一點，比較像是黑道的大哥大或老大。

「好……好厲害……長得那麼漂亮，作風卻那麼粗獷……」

在竜兒身旁壓低音量的亞美，也無法從落差太大的老大身上移開視線。竜兒相當明白第一次看到的人都會這樣，點頭說道：

「不過她的成績從入學以來一直是全校第一，還在一年之內重建學生會一塌糊塗的財務狀況，是個相當傳奇的名會長呢。」

「高須同學，你知道的好多喔！」

「全都是從北村那裡現學現賣的啦！」

北村顯得相當開心，不斷為台上那位美麗老大的發言鼓掌，大概是想炒熱氣氛吧？

「最引以為傲的學姊啊……」

北村向來給竜兒的印象都是「領導者」，現在倒成了盡忠職守的「部下」——不過，大河會怎麼看待北村呢？大河與実乃梨站在距離竜兒有段距離的地方，她臉上明顯表現不爽的情緒——動個不停的腳尖不知是有意還無意，在地上寫了一個「殺」字。

『打掃時間為一個小時！待會集合時絕對不准遲到！還有，沒有全部到齊不准解散！』

用擴音器大喊的堇一說完，學生會的幹部立刻吹起尖銳的哨音，二十幾名學生成群結隊開始離開學校到外面尋找垃圾。在這群人之中，混著一位企圖與學生會副會長增進友好關係的傢伙。

「掃除的範圍不小耶……喔！馬上就撿到一個！」

竜兒才一出校門口，馬上就在學校牆邊發現舊雜誌，正準備彎下腰，伸出戴著工作手套的手——

「NO——！」

有人抓住他的運動褲鬆緊帶往上拉，順勢用力向後扯——這種陷入兩腳之間的甜美衝擊讓竜兒轉過頭，才發現実乃梨露出可怕的表情站在竜兒身後。嘖！嘖！嘖！伸出食指在他面前揮動：

「高須同學，不可以喲！學校附近是三年級的勢力範圍，我們這些學弟妹要跑到比較遠的地方才行，這是傳統。」

「是、是這樣嗎？」

「是啊！你瞧！」

実乃梨指著一名看似三年級學生的樸素女孩，一邊說著「這些人真是傷腦筋……」一邊撿起剛才那本雜誌放進垃圾袋。看起來為了準備考試，一副很疲累的樣子——唉～嘆氣的同時還像老婆婆一樣敲敲腰部。

「原來如此……」

「二年級的小伙子只好走遠一點囉。」

啊！久違的真心笑容。実乃梨的笑臉如同太陽光輝眩目而直接，讓竜兒不禁為之吸引。兩頰的酒渦、稍微曬傷的鼻子——健康的女孩果然是最棒的！此刻竜兒重新想起自己就是被這股開朗的氣息所吸引。

相對的，在令人目眩神迷的実乃梨身後——

「哎呀！這個垃圾跟川嶋同學長得好像啊！這下能夠模仿的對象又增加了！」

「討厭啦！逢坂同學真是太會開玩笑了～！真好笑～啊，妳不覺得這邊的垃圾跟逢坂同學很像嗎？特別是小到無藥可救的部分最～像了！」

兩朵陰險爭豔的漆黑妖花正在享受諷刺與挖苦……光是看就覺得累。

「大河……別玩了，我們快走吧！」

竜兒揮動空垃圾袋拍拍大河的臀部。他打算施展「用拖的也要把妳帶走」戰術——

「不是叫你別碰人家的屁股！討厭……別惹我……」

神經兮兮的大河露出獠牙，噠噠噠向前走——看來她果然很介意北村與學生會長的事。

亞美也「呸！」的一聲，把臉轉向與大河反方向，雙臂交叉胸前。

看到這兩個人的樣子，実乃梨若有所思地低聲問：「喂喂！」

「那個……午飯時我就感覺到，你不覺得大河和川嶋同學之間的關係好像有點緊張？該不會……」

竜兒雖然心想：現在才發現啊，不過実乃梨的問題並非不能回答。

「是啊！好像是想法上有所差異，莫名其妙就是合不來。」

「原來如此……這也沒辦法囉。」

竜兒為了兩人肩並肩一起散步而感動到發抖。此刻，自己正和実乃梨走在一起，簡直像是約會一樣，以緩慢的速度在青翠的樹木下漫步。如果不去看眼前背後那些同樣穿著運動服、毫無關係的無聊傢伙，就是一幅完美的約會場景。將來是否會有成真的一天呢……？

「大河與川嶋同學……總覺得川嶋同學和我當初想的不一樣！不是不好的意思啦……大河也希望能夠和大家交朋友，可是她也有她的難處……可是這樣的組合還真怪……女孩子真的是很複雜喔！」

実乃梨以有些嚴肅的表情點頭，竜兒也同樣頷首回應。他有預感自己和実乃梨之間即將產生一種奇妙的連結──如果預感實現，那麼這就是竜兒第一次不靠大河與北村，而與実乃梨直接有所「緣分」。

這樣的話，非得好好培養這種關係才行──竜兒的目光變得銳利，不同於以往，他打算稍微積極一點。

「因為有櫛、櫛枝在，所以我不用太擔心大河。」

雖然有點說不太出口，不過還是把意思表達出來了！実乃梨笑著看向竜兒：

「那應該是我的台詞吧！我倒是認為只要有高須同學在，大河就不會有問題了。」

還是一樣被誤會……不過話說回來，看來実乃梨對竜兒的評價很高囉？可以說是有好感吧？竜兒與実乃梨相視而笑。來吧！還差一步！只要再進一步，關係就能夠更加深入──現在開口吧！是男人就勇敢開口吧！竜兒的眼睛因為激昂翻騰的想法而充血。他故意咳嗽，清一清喉嚨。

「除了大河，我也希望能夠多待在櫛枝身邊……」就這麼說吧！他輕輕舔了乾燥的嘴唇，將緊張發抖的拳頭收進口袋。現在這個時間點很自然、不會有不好的感覺、也可以當作開玩笑……只有現在、就是現在！

「除——」

「竜兒！」

咚——！一股強大的力道撞上竜兒。

「竜兒，糟了！哎呀——這下子怎麼辦！」

「……」

竜兒在跌倒前用力踏穩腳步，然後抬頭仰望大河的臉，一句話也說不出來。

「你來一下！到這裡來！」

竜兒被拉進小路的陰影。

「北村同學一直待在學生會長身邊耶！一直喔！從來沒離開過喔！還笑得很開心的樣子，連我在旁邊都沒注意到！所以我鼓起勇氣跟他說，我是陪竜兒一起來參加的。結果你知道他說什麼嗎？『啊，這樣啊！我都沒注意到。謝謝妳，真是幫了大忙呢！』——只有這樣！就只是這樣！這是他對曾經告白的女生該說的話嗎？竜兒，你覺得呢？」

大河沒換氣就把這段話說完，然後更加逼近竜兒：

「這代表……沒機會了嗎？怎、怎麼辦！你覺得呢？我不會生氣的，你要老實說！」

「我覺得嗎？那我就老實說了！」

「嗯嗯！」

「妳就放手讓他去吧……我剛才和櫛枝的氣氛很不錯耶……」

「什麼意思啊……？」

大河的表情充滿憤怒，靠到竜兒面前：

「在我進展不順利的時候，你竟然進展的很不錯？你太囂張了吧！」

「有、有什麼關係！幹嘛那麼介意，妳不是說不會生氣嗎？」

「當然生氣呀！不行、我不准！我應該告訴過你，在我和北村同學順利交往前，你甭想得到幸福！你這個……無情無義的傢伙！」

蠻橫粗暴的大河奔出小路。

「大河？怎麼回事？我還以為妳出現了，結果又不見人影——」

「小実！」

大河的手緊緊抱住無事可做，呆站在原地的実乃梨。

「我不想繼續待在這裡……就我們兩個人找個地方、找個地方遠走高飛吧！」

「私奔嗎？我奉陪。」

実乃梨帶著充滿包容力的笑容，輕輕抱住大河的肩膀。

然後兩人就這麼漸行漸遠，連一次都沒轉過頭，看來似乎相當自得其樂。

「可、可惡……！」

不甘心的竜兒獨自呻吟，站在原地凝視実乃梨離去的背影。好不容易才有點進展——

「沒事吧？」

「呃？」

突然有人跟他說話，竜兒跳起來轉過頭——看到亞美站在他的身旁。是因為討厭的大河離開了，所以她才跑出來嗎？

「剛剛逢坂同學突然撲向你對吧？我看到了。你沒事吧？」

「呃……啊、嗯……習慣了。」

「高須同學真可憐……逢坂同學、実乃梨都不見了，祐作也不知道跑到哪裡去了。」

「啊……嗯……」

竜兒突然注意到其他成群走過的學生全都在偷瞄亞美——他們一直盯著傳說中的美少女，但是一看到在旁邊的是「那個高須」，就沒有人敢過來搭訕。畢竟高須竜兒的大名與掌中老虎同屬其他班級學生口中的恐怖代名詞。

還是有幾位勇敢的女生在擦身而過時揮著手叫道：「亞美——」一看到亞美也微笑揮手回應，那群女生馬上尖叫吵鬧、開心不已。可是亞美立刻轉身背對她們，朝竜兒說：

「既然我們同為被拋下的同伴，就好好相處吧！好！我們要往哪邊呢？」

耀眼的天使笑臉仰望著竜兒。

「這……妳……不跟剛剛那些女孩子一起走嗎？」

「沒關係沒關係，我又不認識她們，我要和高須同學一起走。對了！我們到河堤那邊看看吧？對岸也算是清潔範圍之內吧？」

「我是無所謂啦……」

和我這種人一起去也沒什麼意思吧？不過亞美卻連發問的時間也不給，立刻開心大步向前，並且轉過身說：

「快走吧！不然就把你留在那裡喔！」

她朝竜兒優雅地伸出手的模樣，就像是電影裡的畫面……不過也不能真的握住，竜兒只好快步追上亞美，就像性格彆扭的傢伙一樣害羞。

＊＊＊

抖抖抖抖抖……抖個不停的木棒總算撈到岸邊的寶特瓶。

「碰、碰到、到、了……！」

「加油！」

逆著水流將寶特瓶勾過來，竜兒終於能夠呼吸了。努力伸長的手臂好痠——他甩了甩手臂，盡量不用手觸碰寶特瓶，將它丟進垃圾袋裡……好不容易又解決了一個。

「哈啊……這下子總算有一半了……」

「我也差不多一半。不過得再多找一點才行，打起精神繼續吧！」

流過鎮內的一級河川（註：經過日本政府指定，對於國家土地與國民經濟上有重大意義的河川）的岸邊，竜兒與亞美一面注意不弄髒運動鞋，一面沿著水泥堤岸走。無人整理的草叢在逐漸昏暗的烏雲下任意生長，從水泥縫間冒出頭來。

隱約聞得到青草味，稱不上漂亮的河川也發出些許異味。整個活動比想像中還要累，走在亞美前面的竜兒微微喘氣。他們兩人手上拿著垃圾袋，裡面的垃圾量距離「滿滿一袋」還差得遠。就算規定沒那麼嚴格，但現在這個量還是太少了。

剛剛他們在河堤步道尋找垃圾，可是那裡幾乎沒有體積較大的垃圾，所以才會轉戰到岸邊來試試。

「喔……」

「呀！」

沙！竜兒在千鈞一髮之際閃開朝兩人襲來的浪花，回頭看到亞美也平安躲過。可是——

「啊……這真是……糟透了……」

咕嚕，竜兒嚥了一口氣。

他聽見亞美不耐地低聲自語，眉間出現不適合她的皺紋。看來在竜兒感覺疲憊不堪的同時，亞美也累了。偽裝的外表開始出現破綻。

天空變暗，風也變強了，可是清潔活動還是一樣無聊透頂。皮膚開始感覺有點冷，但距離結束時間還很久，而且也還沒收集到足夠的垃圾。在這種狀況之下，就算不是亞美也會覺得心情很差吧？再加上兩人的氣氛──既沒有交談，彼此之間又尷尬，害羞的竜兒又不懂得說些應景的笑話。他光是佯裝平靜，希望對方不要覺得不舒服就已耗盡全力。

「沒、沒事吧？」

「咦？嗯！好得很～！現在就好像在探險，很好玩呢！我很喜歡這樣喔～！」

亞美抬起臉來，美麗的臉龐上仍然是一副天使笑容──這落差也未免太恐怖了吧？如果她直接以不爽的表情對著我，我還覺得好一點。

「喂，那個……妳不要太勉強了。覺得累就休息吧。無法達成規定目標也不至於被殺頭吧？這種活動對女孩子來說太辛苦了。」

這就是竜兒式的拚命安慰法。不過──

「哎呀，我真的不要緊嘛！」

面對竜兒的體貼，亞美反而偽裝得更加厲害。她一面誇張地在臉前揮手，同時將閃亮的吉娃娃眼睛朝上看，歪著脖子，口中說出更動人的話語：

「我一直在想，如果有機會和高須同學像這樣悠閒聊天該有多好。所以說……喔哇啊！」

就在這一秒。

惡作劇的強風吹起前所未有的大浪，竜兒快速後退逃過一劫，可是裝可愛的亞美就在大浪旁邊——

「騙……人……」

閃避不及——為她致上最深的哀悼之意。

「妳還好吧？我竟、竟然一個人逃跑……真是……」

「……」

無論她再怎麼愛裝模作樣，事到如今也無法掩飾她的本性。亞美低頭看著濕透的運動鞋與運動褲，說不出半句話，只能面無表情佇立在那裡。

「川、川嶋……」

咯咯咯——終於看到亞美的唇角開始緩緩上揚，也看到她即使在發抖，仍然拚命想緩和銳利的嚴厲眼神。

「喔喔……」

這真是令人感動的專家毅力。速度雖然有點慢，不過亞美的確拚命努力，緩慢戴上天使的面具。就在好不容易完成七成——

「噫——！」

美麗的臉龐再度凍結。似乎有什麼黑漆漆、濕答答的怪東西，正在亞美完全濕透的腳邊，還有運動鞋的鞋帶上移動、抖動、晃動……看了整整三秒之後——

「呃……」

慘叫。

「呀啊啊啊啊啊啊呀啊啊啊啊啊啊啊走開走開走開——————！」

毫不掩飾地放聲大叫，亞美當場坐倒在地，兩腳到處亂踢。

「別、別動！叫妳別動啦！別踢我的臉！蝌蚪掉下來了！會被妳踩死！」

二隻、不，三隻小蝌蚪若無其事停在亞美腳上。她以瀕臨瘋狂的聲音慘叫之後就不省人事了。總之，竜兒先想辦法把她的運動鞋脫下——

「救援成功！」

竜兒將小蝌蚪放回河裡。

「…………！」

然而——

倒臥在河邊，奄奄一息的亞美表情開始僵硬，看來似乎是凍僵了。頭髮散亂、兩腿張開、運動褲濕了一半、襪子滿是泥水——眼前這副德性，不是大家熟悉的那個「川嶋亞美」該有的悲慘模樣。

竜兒戰戰兢兢靠近：

「我、我把鞋子放在這裡。聽到了嗎？雖然還是濕的，不過已經沒有蝌蚪了。」

他將鞋子整齊擺在亞美腳邊。亞美的眼珠「錚！」睜開，往下看著那雙鞋子，然後——

「亞、亞、亞、亞……」

竜兒聽見她的低語——亞美美。

就在下一秒鐘——

「我不玩————啦！」

雪白的手抓起鞋子用力朝河堤扔出去。

「哇……唔哇……」

竜兒不禁用手按住嘴巴不敢出聲。面具終於剝落了……

亞美像頭野獸一樣用力喘氣，然後以快速的語調說：「我再也受不了了！辦不到！亞美美要回家！我一定要回家！」露出難看的一面。

「啊！」

一回頭，正好與竜兒四目相對，總算想起竜兒的存在。數秒間，兩人就這樣四目相交不發一語……

「……嗯嘿！」

亞美將拳頭擺在嘴邊，露出必殺技「純真微笑」。

「假的啦——！開玩笑！這是騙人的！討厭啦、高須同學的臉好可怕喔～！」

可怕的人是妳吧？竜兒當然說不出這種話。亞美嗯嘿嗯嘿，不斷帶著笑臉看著竜兒，然後只穿著襪子就爬上河堤斜坡。

「嘿咻、嘿咻……啊～！有了！太好了、找到囉～！」

滿面笑容地雙手抓住自己扔出去的運動鞋，還勉強裝出甜美聲音，戲劇性轉身拿給竜兒看。然後立刻穿上鞋子——

「高須同學，我們比賽看誰先跑上河堤吧！」

「咦……？」

「輸的人要把收集到的垃圾全部給贏的人喔！這樣子就能達成規定目標了！預——備～開始！」

竜兒看著亞美咚咚跑上河堤的背影，腦中所想的不是「垃圾都給贏的人」，而是……她連垃圾袋都沒拿。

無奈提起兩人份的垃圾袋快步走上河堤。這時候不能跟上她，可是又不得不跟上她。

亞美的背影突然消失在草叢裡。此刻她正在別人看不見的地方拚命修補露出破綻的面具吧？我是不是該稍微放慢腳步？

「太慢了——！」

穿過草叢之後，發現已經恢復可愛模樣的亞美站在河堤上看著竜兒。

「高須同學輸了！不過你放心，我也會幫你撿垃圾的，不用擔心！」

亞美開朗地俯視竜兒。看得出來她的笑容一如往常……

「夠了吧？」

「咦？什麼夠了？」

口是心非——因為亞美的眼睛太大了，藏不住不知所措的動搖眼神。而且竜兒也疲於隱藏自己的真心。

「妳這樣做到底有什麼意義？辛苦博取我的喜歡，究竟能獲得什麼？我不會告訴任何人的，妳就在那附近休息、或者乾脆先回去吧！」

聽到竜兒用粗魯不耐的態度一口氣說完的話——

「你在說什麼啊？我不懂耶！」

亞美圓圓的眼睛看著竜兒——看來她打算死撐到底。都已經露出馬腳了還能裝做若無其事，臉皮真不是普通的厚。只是竜兒的厚臉皮也是不遑多讓，畢竟他可是每天都受到掌中老虎的照顧啊。

「妳想裝成什麼不懂也隨便妳。但是搞不懂的人應該是我吧？為什麼妳要勉強自己參加這麼累人的清潔活動？這麼做根本沒意義啊？」

竜兒並沒有責備她的意思，只是他覺得不問清楚心裡會很難過。參加這麼麻煩的活動，根本無益於塑造好孩子的形象啊。就算不做到這種地步，她在班上的評價也已經夠好了。

然而亞美……

「你不懂？原來你不懂啊。嗯……」

臉上的笑容突然消失，開始喃喃自語。

透明的眼神一瞬間讓竜兒停下腳步。竜兒不由得盯著她看，想看清楚她臉上的表情，但是這時吹來一陣風揚起亞美的頭髮，遮住那張臉。

「原來高須同學沒那麼容易上當呢……這一招對你沒用啊……」

我原先只是想陪那個小不點玩玩而已，這就叫自亂陣腳吧——含糊不清的聲音帶有自嘲的味道。

「咦……？玩什麼？怎麼回事……？」

她的回答卻是——

「嗯？什麼？你聽到什麼？奇怪，一定是你聽錯了啦！」

亞美將頭髮撥到耳後，露出平常那副沉著的天使笑容俯瞰竜兒：

「就如同我剛才所說的，我之所以參加這個活動，就是為了想和高須同學好好聊天呀！有那麼難懂嗎？」

甜言蜜語、美麗的笑容，眼前的人是平常的亞美——無論和她說什麼都沒用、看不起人的亞美。

竜兒嘆口氣，放棄繼續發問。反正不論說什麼，都無法和這個亞美溝通——她想繼續裝模作樣就自便，反正一切與我無關。

這時亞美突然仰望天空——

「下雨了……？」

啪答！冰冷的雨滴重重落在竜兒的臉上。

「這下糟糕了……」

亞美抱著細細的腿，坐在河堤步道旁的涼亭長椅上，愣愣地自言自語。

她才剛戴回面具不到十分鐘——現在已經不是撿垃圾的時候了。

正如亞美所說，只有柱子與屋頂的簡單涼亭外的情況的確很糟糕。突然下起傾盆大雨。厚重雲層覆蓋天空，現在不過是下午四點左右，四周卻異常昏暗。大雨滴在柔軟的泥土上，像子彈一樣在地上打出一個一個的洞。才下不到幾分鐘，到處就已經出現水窪、流成了小河，位於河堤下方的河流也變得混濁不清。

強風的呼嘯聲讓涼亭吱嘎作響。

「屋頂好像快被吹走了……」

「怎麼可能。」

竜兒打算一笑置之，可是亞美似乎真的很害怕：

「真的沒問題嗎……？」

「以這種下法，再過幾分鐘就會停了吧？」

即使靠著柱子站立的竜兒如此回答，但並沒有消除亞美臉上的陰霾，濕淋淋的頭髮沾附在亞美雪白的臉上。大雨當前，什麼面具、本性都無所謂，彼此之間奇妙的尷尬也都拋在腦後。亞美冷得微微顫抖，不安地抬頭望向不作美的天空，包著單薄肩膀的運動服早已濕透。

「……哈啾！」

小老鼠般的噴嚏聲，與大河怪腔怪調的噴嚏聲截然不同。竜兒不禁想脫下身上的外套披在她的肩膀上——可惜竜兒的運動服也濕透了。

「很冷吧……我有沒用過的垃圾袋，要嗎？挖個洞套著就可以了……」

「咦？我才不要！」

馬上就被拒絕了——如果是平常那個亞美，一定會笑著接受。

「也對，妳應該不會想穿垃圾袋裝。」

「不要、絕對不要！怎麼可能穿垃圾袋！真的是……不敢相信……」

亞美用撒嬌般的鼻音說完之後，就像小孩子一樣轉過頭去。

這是在平常亞美身上看不到的不高興反應。大概是因為面具已經掉過一次，所以只要有點小事就會輕易剝落——譬如說突然傾盆大雨害她冷到不行的極惡劣狀況。

「這一定是小蝌蚪的詛咒吧。」

竜兒說出很冷的笑話，想要化解尷尬的沉默。亞美以無趣的表情仰望竜兒：

「為什麼我們一定要受到這種詛咒？」

「這是讓牠們遭受生命危險的懲罰吧。」

「高須同學……你不是救了牠們嗎……」

「其實我把牠們丟到旁邊的草叢裡……」

「什麼！」

啪沙！亞美站起身，當場說不出話來。嘴巴半開，瞪大的眼睛簡直快要掉出來。

「想也知道是騙妳的！我看起來像會做那種事的人嗎？」

「什……什麼嘛！真是的！害我差點嚇死！因為高須同學看來就像會做那種事的人！」

她說了句非常沒禮貌的話。

「妳這是什麼意思啊！真抱歉，我可是很溫柔的人喔！雖然自己說有點……不過我真的很喜歡動物。現在養的鸚鵡，也是從牠還是一顆蛋時就小心翼翼照顧到現在。」

「鸚鵡？就是逢坂大河說的那隻醜斃了的變態鸚鵡？」

「大河那傢伙亂說話……明明就是討人喜歡的好鸚鵡。」

「鸚鵡有分好壞嗎？叫什麼名字？」

「小鸚。」

「……」

亞美頓時沉默——

「啊哈哈哈哈！那是什麼名字啊？」

亞美莫名其妙地指著竜兒，唐突地笑了起來。竜兒愣了一下，眼神變得凶惡。

「竟然叫那種名字！別取得那麼普通好不好！那根本不叫名字，那只是牠的種類吧！怪、怪、怪、怪——斃了！」

「是嗎？」

「是啊！」

撥開滴著水的頭髮，露出整個額頭。雙手輕拍一下，亞美再度笑了起來，連腳啪答啪答動個不停。是被點到笑穴了嗎？

「竟然叫小鸚！那什麼名字啊！原來高須同學的外表與內在完全不同嘛！雖然還不到學生會長的程度——」

看著竜兒的那對眼睛，眼角還有笑得太厲害而流出的眼淚。

可是亞美瞬間噤口不語，就好像中了變成石頭的魔法——石化的亞美視線越過竜兒看向後方，表情宛若石像。

「怎麼了……喂！川嶋！」

亞美沒有回答，直接從涼亭跑進大雨之中。沒有脈絡可循的舉動讓竜兒抓不著她的步調。亞美不聽勸阻，逕自彎下身體躲進草叢裡緩步前進，任由冰冷的雨水打在自己身上，漸行漸遠。竜兒雖然不明究理，但又不能不追上去。

「等等！」

竜兒也奔進斜打的雨裡，追上亞美之後硬是從背後抱住她，躲入距離涼亭有段距離的廢棄自行車停放間。

這裡雖然有鐵皮屋頂，可是和剛才的涼亭有著天壤之別。不但會受到風雨侵襲，而且也沒有地方可坐，旁邊還亂七八糟堆放著生鏽的腳踏車。
「究竟發生什麼事了？幹嘛把自己弄成這樣……」
「噓！」
「……！」
亞美冰冷的手伸向竜兒的脖子。冰冷的感覺與極度靠近的亞美氣息，讓竜兒發不出聲音也無法呼吸。
亞美緊緊抱住竜兒，直接壓在他身上，接著以想要將他推倒的氣勢粗暴地、糾纏在一起倒在地上。
「喂……等……！……！」
「噓——就對了！」
完全密合的身體，柔軟纖細的感覺十分虛幻。亞美的皮膚好滑嫩，竜兒與她接觸的部分似乎正一點一滴融化在她的皮膚裡……
雖然不可能融化，可是竜兒的臉紅了——為了避免壓到亞美，只能拚命用手握著柱子讓身體撐起距離……就連被雨淋濕的味道都很香甜，竜兒就像溺水者一樣拚命抬起頭，在半空中喘氣。
然而——

「我們就這個樣子……在這裡躲一會兒吧……」

含糊的說話聲。

然後亞美縮起蹲下的身體，將竜兒的身體當作擋箭牌，完全躲入竜兒懷中。閉上的珍珠色眼皮，被雨沾濕的長睫毛上，透明的雨滴閃閃發光。竜兒與亞美間的距離近到連這些都看得一清二楚。

「啊、啊、啊、等……這、這個……」

竜兒充血的表情，似乎用針去戳就會噴出血來——雖然感到難為情，還是忍不住發出無可奈何的聲音。如此超近距離接觸，再加上對方又是超級美少女——我倒想看看有誰在這種狀態下還能夠平心靜氣。

「那邊……」

亞美一邊用細小的聲音說話，一邊指給竜兒看。精神恍惚的竜兒看向那邊——快要蒸發的血液瞬間降到冰點之下結凍，連腳下都能感覺到冰冷。

「那、那傢伙……」

跑進剛才那個涼亭躲雨的男人很眼熟，有種很不好的感覺。

看起來像是學生的男人收起傘環顧四周，乍看之下很平常——要不是因為他在這樣的大雨裡還拿著數位相機，應該不會感到怪異。

竜兒不禁豎起雞皮疙瘩，趕緊和亞美交換位置，用自己的身體擋住亞美：

「那是……昨天的變態。為什麼會出現在這裡？未免太巧了……」

「你以為真的是巧合嗎？」

「……」

竜兒無法回答亞美的話，這看起來絕不是巧合。

「他是埋伏在學校跟著我們過來……」

竜兒覺得很不舒服，不由得有些發抖——這絕非只是因為冷的關係。

「為什麼對方連妳讀的學校都知道？妳昨天不是說他只是偶遇的奇怪仰慕者嗎？」

「我……是那樣說沒錯……」

亞美支支吾吾的聲音裡混雜了痛苦與猶豫，好幾次張開嘴巴又閉上。在竜兒手臂中的亞美憋住氣，身體變得僵硬。

「說啊！事到如今，妳還想隱瞞什麼？」

竜兒輕輕搖晃亞美冰冷的肩膀，從她的背後隱約傳來一陣顫抖。然後緩緩開口：

「那個……那傢伙，說明白一點，就是跟蹤狂……」

她終於低聲說出真相。

跟蹤狂——竜兒想起之前曾經聽亞美在與大河吵架時，曾經大叫「妳……妳這個跟蹤狂！」竜兒覺得那是亞美唯一流露出真實情感的瞬間。

「昨天，該怎麼說……我覺得不好意思所以說不出口，也不想把事情鬧大……那傢伙是我們這行最有名的問題人物。不知道他是怎麼調查的，總是拿著相機出沒在私人住宅、老家或者學校等地方。除了我以外，他也在其他雜誌模特兒的四周徘徊，讓大家都很頭痛。」

「不會吧……」

竜兒發出呻吟般的聲音。亞美點點頭繼續說：

「我會搬到這邊也是那傢伙害的！你也知道我媽媽是藝人，媽媽的經紀公司告訴我，那個怪人在我家附近徘徊會造成問題……所以要我一個人搬來這邊的親戚家住。爸爸因為工作忙，沒辦法離開市中心的公司。可是……我萬萬沒想到他竟然會跟到這邊……」

「這樣啊……」

「嗯。要搬到這裡也是沒辦法的。可是……好可怕喔！離開父母身邊，暫時停止工作直到事情告一段落，經紀公司也先休息一陣子，所以沒有人保護我……以前還有經紀人會派車接送，可是……啊啊～真討厭、真不敢相信……那傢伙竟然追我追到這裡……」

想必一定覺得很害怕吧！

光是那個男人本身就足以讓人充滿寒意了，更何況是成為標靶的亞美呢？她所感受到的恐懼恐怕是難以想像的。

竜兒抱著亞美的手臂不自覺加重了力量。

「高須同學……」

「我們躲到那傢伙離開為止吧！」

謹慎的竜兒不會說出「我幫妳揍他一頓」那種話，不過一起躲起來這點竜兒倒是做得到。兩人就這樣屏息不出聲、身體靠在一起等待時間流逝。不過那男人似乎也被這場雨困住，一直坐在長椅上悠哉擦拭弄濕的相機。

在這段時間裡大雨依然不斷落下，把竜兒的運動服打得又濕又重。就當他心想要等到什麼時候才行——

「喂～！高須同～學！川嶋同～學！奇怪，怎麼到處都找不到他們啊！可是這場雨……到底在搞什麼啊！大河，妳冷不冷？」

「我沒事。小実妳呢？」

「沒事沒事！他們到底跑哪去了？明明有人看到他們往河堤方向……」

「可能是下雨的關係，半途就折返了吧？會不會先回去了？」

「半途折返的話，應該會在途中遇到我們吧？」

実乃梨與大河的聲音從逐漸增強的風雨中傳來。能夠因此得救？還是只會更加惡化？單憑猜不透會如何行動的兩人似乎不太可靠。不過竜兒還是不自覺轉過頭說：

「喂，那個聲音一定是大河和櫛……噗！」

即使是在這種情況下，竜兒還是忍不住「噗嗤！」笑了出來。

因為她們的模樣實在太好笑了——実乃梨將垃圾袋挖個洞套在身上，就是剛才說過的垃圾袋裝，看起來就好像是穿著雨衣。大河也用個小透明盒子頂在頭上遮雨。

「對了。小実，剛剛買的章魚燒不太熱耶！雖然是剛才的事，可是我突然覺得好生氣！我們回去跟老闆抱怨幾句吧？」

頭上那個透明盒子，原來是章魚燒的盒子……最厲害的是，那麼一個小盒子就能幫她嬌小的身體擋雨。頭上頂著海苔粉和柴魚片沒問題嗎？那傢伙真是笨手笨腳……不行了，無論如何都想笑，腹肌撐不住了……緊張感瞬間消失。

亞美窺視竜兒拚死忍住的笑臉。

「高須同學，你為什麼在發抖？」

亞美有點生氣，嘟起嘴來。

可是——

「抱歉……真、真好笑……章魚燒盒子做的傘……噗哈！」

竜兒記得好像有那種的妖怪——他的腦海裡已經出現妖怪圖鑑。

看到她那副怪模怪樣的人不只竜兒一個。占據涼亭的跟蹤狂也嚇得轉過頭——

「發現可愛的迷你妖怪！」

男人冒失地舉起相機。可是身為百獸之王的掌中老虎怎麼會沒注意到他的一舉一動呢？

「你說妖怪……？」

大河的臉瞬間扭曲，露出渴求血液的獠牙，以凶惡眼神瞪向發聲源：

「那邊那個人！我不知道你在打什麼鬼主意，可是你讓我很不舒服喔！我不記得曾允許你這種可疑人物叫我妖怪！」

紅紅的舌頭舔了一圈嘴唇——大河的殺氣收放自如，在面對陌生人或變態時，能夠毫不遲疑展現出來。

大河把當傘用的章魚燒盒子拿在手裡捲了起來，變成一把簡易匕首。用雙手確實握緊，夾緊雙臂。

「這場雨正好可以洗去所有證據。」

說出這句話的同時，猛然向前狂奔——

「咦？哇、唔哇！」

大河沒多說什麼，只是握著看似匕首的物體，以超乎常人的速度、看來有如惡鬼的表情、幹勁十足地殺過去。謎樣的妖怪當然得恐怖才行啊！

「這、這怎麼回事！」

男人慌張地抓起背包，撐起雨傘，背對著大河逃跑。大河也追在他背後——

「你這傢伙從哪裡來的、叫什麼名字……唔哇！」

大河正好在竜兒藏身的棄屋前絆到泥巴摔倒，就在臉將要撞進泥巴裡——

「妳這……妳這個……」

飛奔出去的竜兒奇蹟似地，揪住她的衣領。大雨之中，被抓住的野獸於千鈞一髮之際停在半空中。

「笨蛋！」

大河維持那個姿勢僵硬不動。

「我……我還想說這下摔定了，連氣都憋好了！」

大河的頭髮也同樣濕淋淋垂到腰際。她捉住竜兒的手拚命確認立足之處，表情像是差點被車輾過的貓，長長吐出微弱的氣息。

「別隨便追著不認識的人跑！把手上的東西丟掉！丟掉！」

打掉她手上的簡易匕首（妖怪用的傘）之後，總覺得她的頭頂好像有柴魚的味道……竜兒不知不覺盯著大河的腦門。這時候実乃梨追了過來。

「大河妳在幹嘛！那個男人是誰？還有高須同學是從哪冒出來的？」

実乃梨臉上冒出一個大大的問號，順手擦掉濺到大河臉上的泥巴。這時濕淋淋的亞美也走了出來。

「還有，川嶋同學又是從哪裡冒出來的！」

亞美驚訝地轉過頭來，就在幫她拿下肩上枯草的実乃梨面前——

「……！」

啪答！水滴由亞美被雨淋濕的臉頰上滴落。

＊＊＊

「跟蹤狂！」

推了推因大叫而滑落的眼鏡。

「這種事妳怎麼不早說？妳當時是說因為模特兒工作很累，學校也沒辦法配合，再加上父母親不常回家……」

「這種事情要我怎麼說得出口。如果說的話……又會讓祐作擔心啊！」

北村凝視著長得太過漂亮的青梅竹馬，難得說不出話來。

北村為了感謝大家參加清潔大會，並且慰勞這一趟冒雨的活動，因此在傍晚時分招待大家來到這家速食店。大概是剛下過大雨的關係，即使雨勢減弱，店內依然沒有其他客人。

亞美對北村說完令人擔憂的狀況之後，有點尷尬地低下雪白的臉。竜兒也算是目擊者，所以在一旁等候傳喚。実乃梨眉心緊鎖，擔心地看著亞美。一旁的大河則是——

「啊……」

也許是因為與北村同桌的緊張感，番茄醬從她手中的薯條滴落。竜兒沒說什麼，只是拿出隨身攜帶的「對付大河笨手笨腳專用濕紙巾」快速擦著她的裙子。

這群人聚在一起難得這麼安靜。

「總之——」

首先開口的人是北村：

「總之，我們先報警……」

「這件事已經和警察說過了……聽說其他經紀公司的人甚至還報案了，可是那個男人實在很狡猾，從不留下任何能夠追蹤身分的線索，所以也沒有證據……再說這種小案子警察根本不會認真處理……」

「那我們就把他抓到警察局吧！他不是老在妳附近徘徊嗎？我把這件事告訴社團的朋友，叫大家一起幫忙！」

「不要這樣，太危險了。而且把事情鬧大的話，我也很傷腦筋。你也知道吧？這類事件演變到最後總是會成為有趣又好笑的話題，這對『受害者』是種莫大的傷害啊！再說，如果祐作或是其他人因此受傷，我也負不起責任……就算我想請媽媽幫忙，媽媽的經紀公司也不會答應。」

滿腔熱血的正義使者聽了亞美的話也只能沉默，交叉雙臂低聲自語：

「可是……這樣下去……」

「唔！有了！」

実乃梨突然舉起食指放聲大叫。她睜著大大的眼睛說：「只有這個辦法了！」

「警察無法逮捕那個傢伙，是因為不清楚他的身分對吧？既然如此，我們就反跟蹤那個傢伙吧！趁著他在川嶋同學後頭偷偷跟~蹤的時候，我們就拍下照片或影片當作證據交給警察，這樣警察就能夠掌握特定人物進行逮捕了！這樣不就得了？」

「櫛枝……！沒錯！太棒了！不愧是女子壘球社社長！哎呀呀，我現在心情好到想要將男子壘球社交給妳呢！」

「對吧對吧！把男子壘球社交出來！我要進行改造，把男社員統統變成女生，全都變成女子壘球社的一分子！」

「啊哈哈！妳真的很瘋狂啊！」

呀——！呀——！北村與実乃梨兩人興高采烈地擊掌，一旁的竜兒也舉起手來……不過並非是和他們一起擊掌。

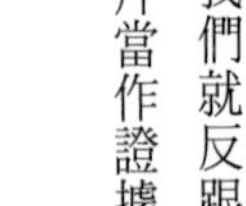

「等一下，誰來做？」

「我可以喲！」

実乃梨臉上帶著俘虜竜兒的眩目笑容，以不帶任何驕傲的語氣說：

「小腹之友就是心之友！這種小事我還沒問題！」

耶！她比出和平手勢——実乃梨果然是天上下凡的溫柔女神，竜兒對她的體貼與胸襟寬大感動不已。他遮著嘴，眼睛瘋狂閃著光芒——不是在生氣，而是眼眶有點溼潤：

「我、我也可以盡點棉薄之力。」

雖然對自己的力量沒什麼把握，但是最喜歡的実乃梨都這樣說了，自己怎麼能像個沒用的男人置身事外？然後他偷偷瞄一眼從頭到尾都沒作聲的大河——

雙面人又出現了。

竜兒隱約可以想像原因。右半邊的緊繃，是針對北村擔心亞美的嫉妒；左半邊的興奮，則是能夠和北村一起行動的期待。而且她也很擔心信誓旦旦說要幫助大家解決煩惱的実乃梨。然後……也許……她真的有一點擔心亞美吧……不過這只是竜兒的希望。

「喂，大河。」

總之，不順勢幫幫她的話，大河又要變成石頭了——

「妳也會幫忙吧？妳跟那個人也有帳要算吧？他不是對妳說了很過分的話……」

「沒錯，他說我是妖怪……」
沒有事先說好就想到同一件的事。竜兒重重點頭：
「這樣的話，就更沒理由不去抓他……」
話說到一半就停了。大河看向竜兒的視線裡沒有對那些瑣事的憤怒或關心，但是——
「沒錯……說得也是……就這麼辦。我雖然不喜歡妳，不過這次就讓我們一起奮鬥吧！」
大河對著亞美用力點頭。
「就在此時此刻，我們大家的心連在一起！」
北村興奮地好像要開始發表演說。可是北村的對面——亞美仍然面色凝重地咬著嘴唇。
竜兒注意到她的舉動：
「妳還好吧？」
亞美被竜兒的聲音嚇得抬起頭來，連忙展現笑容說：
「呃……嗯！有大家的幫忙，我也會打起精神！真是多謝，你們真可靠！」
亞美故作輕鬆的發言，在沒什麼人的速食店裡空虛回響。

「臂力驚人的隊長——櫛枝実乃梨！」

「是！稱霸關東的『子彈長傳』可不是浪得虛名啊！」

「擅長料理的邪眼——高須竜兒！」

「是、是……今天有雞肉的限時搶購特賣，會在五點前結束喔。」

「最強之名就是為了妳而存在——逢坂大河！」

「……」

「——最後就是我——北村祐作！全員到齊！」

握緊拳頭的北村用手指一一確認在場每個人。平常總是忙得不得了的他，今天剛好遇上社團休息，而且特別向學生會告假。

下午四點的教室裡已經沒有其他學生，淡淡的陽光下只有三個坐在北村附近的手下，以及站在稍遠之處的亞美。

那麼——北村以班長的樣子大聲說：

「我們馬上按照昨天訂定的作戰計畫開始行動！工作分配如下：我、櫛枝和逢坂是負責拍攝跟蹤狂的『攝影組』。使用的工具就是數位相機以及各自的手機。為了預防萬一，高須負責陪著亞美。」

竜兒舉手，得到北村許可後發言：

「我和你負責拍攝跟蹤狂，讓兩位女生陪著川嶋不是比較好嗎？」

大河還沒關係，可是竜兒不希望実乃梨擔任那麼危險的任務。但北村制止竜兒：

「不，如果『攝影組』發生什麼意外跟丟的話，只剩下女孩子豈不是更糟糕？我們的計畫若是曝光，說不定還會刺激到對方，迫使他採取更激進的手段。萬一真的發生這種事，至少還能靠你的臉來保護亞美。」

「聽起來好像也有道理……不過我對打架沒什麼信心喔！」

不好意思的竜兒壓低聲音，盯著自己的拳頭——他的拳頭從出生到現在都不曾打過人。

然而亞美走到他身邊，兩手握住他的手：

「沒問題的！我相信可靠的高須同學一定能夠保護我！」

「呃……啊……咦？」

突如其來的靠近讓竜兒一時說不出話，也不知道如何掙脫。正打算輕輕抽回自己被握住的手時，身體卻因為尷尬而變得遲鈍，臉頰沒用地熱了起來。大河射過來的冰冷視線反而讓他覺得舒服得多。

「好，那麼就開始行動！我們不清楚他現在在哪裡監視，所以離開出入口的鞋櫃之後，高須和亞美就按照昨天所說的路線先走吧！有什麼狀況再用手機聯絡。」

在北村的號令下，一群人浩浩蕩蕩走出教室來到走廊。

「喂……這是什麼？」

竜兒盯著眼前大河領子裡的奇妙物體。

「這是為了預防萬一帶來的……很懷念這傢伙的觸感吧？」

微笑的大河髮間隱約突出一個看似木棒的東西。竜兒稍微看了一下是什麼東西……

「妳這傢伙……亂用的話會出事的！」

「我知道啊！所以說只是預防萬一嘛。」

竜兒把拉出來的木刀刀柄再度推回外套的領子裡。真好懷念啊——那個春天的夜晚，我差點就被這玩意給殺了……仔細看的話會發現大河站的很直，因為脊椎藏著一把木刀。長長的頭髮正好用來掩飾。

「竜兒……還有一件事。」

背了把木刀的大河突然壓低聲音，以大大的眼睛仰望竜兒——

「嗯？」

「你真是隻無藥可救的好色狗……剛剛那個被迷得暈頭轉向的表情……真沒用！說真的，身為主人的我都因為你而感到羞恥！」

「妳……妳說什麼……」

嘴上是這麼問，其實心裡清楚得很。「哼～」大河誇張地對竜兒的臉嘆了口氣：

「看來你和川嶋亞美的感情不錯嘛……哎，這樣也不錯啊？馬上忘了沒希望的小実，轉向自己送上門來的美女……原來你是這種人啊！我記住了。」

「妳說什麼……妳、妳是不是誤會了？」

「是嗎？算了，隨便你高興怎樣就怎樣。我可懶得管你這隻發春中的狗。」

「妳在說些什麼啊？」

哼！態度傲慢的大河留下一個充滿毒氣的微笑，別過頭拋下竜兒小步跑開，搖著淺色長髮跑到実乃梨的身邊。

「喲！這不是大河嗎？今天也很可愛呢！」

喉嚨發出咕嚕響聲的大河貼著実乃梨，裙擺裡的刀尖若隱若現。実乃梨的手指像在撫摸大河臀部，戳了一下裡面的木刀。

「裡面有個很硬的東西呢。」

「這是用來以備不時之需的。」

竜兒不知不覺看著她們——不對，應該是受不了地嘆了口氣。還敢說人家好色狗、好色狗，我看妳們的樣子比較色吧？

我到底做了什麼？剛才大河也說的太過分了。只是說明的機會一縱即逝。

「高須同學，怎麼了？」

「啊……沒有，沒什麼。」

亞美不知幾時靠近身邊，她的笑容讓竜兒很緊張。兩人間的距離很近，肩膀幾乎碰在一起——竜兒的怒氣慢慢散去，心情異常煩躁。

這都要怪川嶋亞美突然靠過來！竜兒一邊在心中高喊臉頰發燙的原因，一邊把視線由亞美身上移開，嘴巴癟成ㄟ字形。

兩人並肩在住宅區散步。

「……然後啊，我就跟對方說，我想試穿淺粉紅色的，可是店裡的人卻堅持白色最適合亞美、除了白色其他都不行、就硬是要我試穿那件針織衫。一穿起來，我又覺得白色好像也不錯。可是前一天已經買了白色的針織衫……啊、也不算是白色，應該是帶點淺灰色……米黃色？應該是米黃色吧？」

微笑的亞美不斷說著瞎拚的事——這就是所謂「光是瞎拚就費盡腦力，完全無法思考複雜事物的可愛時髦女孩」面具吧？

「高須同學，你有在聽嗎？」

「嗯……」

「白色和粉紅色，高須同學會選哪一個？」

「我對粉紅色有點……」

「討厭啦！我是在說我的衣服耶！」

「原來如此……」

啊哈哈哈哈——哈哈哈、哈哈、哈……

竜兒總算搞懂北村的意思了。那個拜託大河和亞美好好相處的傢伙並沒有看錯。

「我最喜歡買衣服了！」

亞美已經選擇性遺忘昨天那件事情了吧？現在就像正在撒嬌的小孩子，臉上露出天使笑容。但比起這個亞美，和大河互瞪的真正亞美還比較好；會把蝌蚪爬過的鞋子丟向河堤的亞美也比較好懂。

與戴著面具的亞美相處，雖無趣倒也能接受，雖覺得有些寒意倒還能夠忍耐，然而最受不了的是，心裡會有種看著危險物體的感覺——因為那是虛偽的表情。

沒錯，面具不過是層薄冰——看穿之後就能感覺到底下的不安。為什麼她要隱藏真面目呢？這跟性格好壞無關（嗯……雖然她是壞的那個），明明已經露出真面目，為什麼還要隱藏起來？為什麼要刻意勉強自己？真是讓人不解。

「啊，電話在響喔！」

亞美有如貝殼的指甲，指著竜兒口袋裡不知何時開始震動的手機。竜兒趕忙接聽：

「喂？」

『高須隊員！你那邊的狀況如何？』

面對北村熱血沸騰、精神百倍的聲音，竜兒很普通的回答：

「沒有異狀。你那邊呢？」

『我們很快就發現目標了。他在你們後方十五公尺，我們跟在他後面。』

「高須同學，是祐作嗎？換我聽換我聽！」

亞美從旁邊伸出手，接過竜兒手上的電話。

「喂喂，祐作？嗯，這邊沒事，再說還有高須同學在！祐作，我的腳好痠喔……嗯、嗯……啊，是嗎？那就那麼辦吧！」

亞美自作主張掛斷電話、蓋上手機，開心微笑地說：

「祐作叫我們找間可以喝茶的店，選個靠窗的位子。」

「這附近有這種店嗎？帶我去吧！」

和亞美在咖啡廳喝應該很痛苦吧？可是既然是北村的指示，也只好照辦了。竜兒指著前面綠色的圓形看板——

「這附近可以喝茶的店……有看到對面的招牌嗎？」

「咦？那不是星巴克嗎？原來這附近也有啊！太好了！這樣我就可以喝到很久沒喝的拿鐵囉！」

「那只是看來像星巴克……」

「嗯……？咦？呃？」

隨著兩人越來越接近，亞美的脖子也隨著疑惑越來越歪。那個看板的確很像北美知名的咖啡連鎖店——圓形、綠色的邊、莫名其妙的人像……

「這、這是……」

——那個插畫是老闆的人像。

「這間店的名字是須藤咖啡吧……我們都叫它須藤（註：日文發音和日本年輕人對星巴克的簡稱接近）……」

「呃……」

鈴～

竜兒與亞美在現代幾乎已經聽不見的門鈴聲中走進店裡。須藤吧裡連內部裝潢也是努力接近星巴克的風格——看來很舒服的沙發，還有看似女大學生的店員坐鎮的個人吧檯，裡面可以說是座無虛席。

「哦……須藤吧……看起來不錯的嘛……」

亞美東張西望，興致勃勃地點頭。這時候從窗邊正好站起一個老頭子——

「喔喔！你是魅羅乃家裡的……」

親切地與竜兒打招呼。這位是毘沙門天國的常客，今年春天剛離婚而傷心的稻毛先生。

「啊，你好。」

「哇！怎麼回事！今天又帶了一位漂亮小妞……你跟那個個子小小、很可怕的女孩子分手了嗎？分手了吧？再婚……不對，再交新的女朋友啊……」

「不是那樣的。川嶋，妳就到老伯伯空出來的位置坐吧，我去買些喝的再過來。」

「好——！」

真可愛～妳長得真漂亮啊～感覺有點像女演員川嶋安奈……是啊是啊～我常常被這麼說……竜兒無視這些熱絡交談的閒話家常，逕自往櫃檯走去。

「歡迎光臨須藤巴克！」

女大學生店員（黑色ＰＯＬＯ衫配上綠色圍裙）一如往常地說出這個奇怪的店名。雖然外表抄襲得很凶，可是菜單跟普通的咖啡廳一樣。竜兒點了兩杯美式咖啡，端回亞美正在等待的座位上。

「咖啡可以嗎？」

「嗯。這裡真舒服……讓人開始想寫作業了。」

沉沉坐在沙發上，亞美好像蠻中意須藤巴克的。沒錯、沒錯、鎮上每個人都很喜歡須藤吧，反正再等一百年，正牌的星巴克也不可能在這裡開店。

「蛋糕也不錯喔！是老闆女兒手工製作的。」

「蛋糕……蛋糕……超想吃的……」

不行不行，亞美搖搖頭，雙手無意識擺在自己的小腹上。昨天的便利商店神拳不好受吧！竜兒也不鼓勵她吃，拿出手機和北村聯絡。

「喂喂?我和川嶋進入須藤吧了。」

『嗯，我知道。我們看到你們進去了。須藤吧是家好店啊！』

嗯嗯。同為本地居民的兩人都有同感，竜兒也對著電話那頭頷首。

『跟蹤狂也跟來了，一直盯著窗子。他就躲在十字路口對面的大樓入口陰暗處。你們兩人暫時先待在那裡。』

「了解。」

掛斷電話後，亞美立刻發問：

「祐作說什麼?」

「他說那名男子躲在對面的大樓，要我們暫時先待在這裡。」

「哼……真討厭……果然還跟著我們。」

亞美正要躲進窗簾陰影時，「啊，不對！」立刻恢復原來的坐姿：

「我躲起來就沒意義了。」

「是啊，那傢伙不照相的話，我們也沒辦法照相。」

「這我知道……可是……真討厭，還是很不舒服……」

亞美趴在桌上，美麗的臉上做了個鬼臉。

「嗯，被那種莫名其妙的傢伙偷拍，的確很不舒服。」

「話是沒錯，但是最討厭的還不只這樣。之前他還把偷拍的照片放進我家信箱……這點更教人難以忍受！」

「信、信箱？意思是他都已經來到妳家玄關了？這太……」

竜兒無言以對。不不不——亞美揮揮手，臉上表情更加痛苦。

「跑到我家固然也很討厭，可是我更不喜歡他拍的照片。那是我結束工作回家順道去買東西的模樣，該怎麼說……看起來個性很差，好像在生氣的樣子，像個會欺負別人的人。所以我看到那張照片時感覺糟透了……我是這種臉嗎？我的真面目有這麼糟嗎！」

可是即使如此，妳仍舊是個美女啊！有什麼關係？竜兒心裡是這麼想。

「不行不行，我不要……那張臉……真討厭、超討厭的！……我不想讓人看到那張臉！」

彷彿不吐不快的亞美歪著嘴唇說出這些話。對她來說，這或許是打從心底無法接受的吧？但是很抱歉，對竜兒來說，要是談到關於臉的煩惱，可是無人能出其右。

「要說那種事……妳看我的長相，連川嶋一開始也認為我是不良少年吧？不只看來性格惡劣，走在路上還會被人指指點點。妳那根本沒什麼了不起吧！即使以真面目示人，別人還是會覺得你很可愛啊。」

「那高須同學也裝出可愛的樣子不就得了？」

「怎麼裝？」

「像這樣『我最可愛了～！最最可愛～！』然後超級認真地覆頌。」

亞美用雙手食指指著自己的臉頰，眼睛瞇成一條線，脖子偏向一邊，露出甜美的笑容輕輕點頭——真的要試嗎？可別後悔啊……竜兒也打起精神——

「這樣嗎？」

微笑點頭。

「……噗！」

亞美噴出嘴裡的美式咖啡，痛苦咳了好一陣子：

「那……咳咳！……高……高……咳咳咳！」

「妳要說什麼我都知道。應該是說，在做之前就知道了。」

亞美拿出手帕拚命按著嘴巴，連眼淚都飆了出來。因為嗆到的關係，滿臉通紅趴在桌子上用力吸氣，還不忘用手指著竜兒——

「好、恐怖……！咳咳……簡、直……像恐怖片！」

「就說我已經知道妳要說什麼了啊！」

雖然反應自己不出所料，可是竜兒還是很受傷。雖然不應該因為很受傷就說出口，可是竜兒還是——

「我話先說在前頭，妳還不是一樣——臉長得可愛，本性卻像恐怖片一樣可怕。」

「哈~好難受！哎呀，高須同學真是的，這麼可愛的我跟『你那個樣子』哪裡一樣~？」

嘿嘿嘿嘿……開心的笑聲與『你那個樣子』的講法，竜兒也不再客氣。

「一樣啊！雖然不想這麼說，但是妳昨天變臉的樣子就夠恐怖了。我指的不是妳發飆的那一面，而是後來一臉不在乎，還以為能夠繼續裝回好孩子的樣子。」

雖然沒說出：「早在初次見面那天我就知道妳的本性了。」不過剛才的一席話好像就已經太過分了，可是現在想要收回也來不及了。已經說出口的話，就要一口氣說完。

「既然早已露出真面目，妳就別再裝模作樣。繼續偽裝下去或是裝可愛只會讓一旁的人覺得難受而已。」

結果竜兒還是說了——心想好像說得太過分時，突然注意到亞美的表情。

「川嶋……？」
亞美仍舊保持微笑……以不自然的溫柔天使微笑凝視著竜兒。所有的情緒動搖都被收進那副笑臉之中。
「『昨天？你在說什麼？』——說這種話對我來說，就跟呼吸一樣，超簡單的。這種程度的挑釁我可不怕！」
分不出直視竜兒的視線究竟是冷淡是熱心。能夠明白的只有一點：無論自己想說什麼，都會被那張笑容彈回來，傳不到她的心裡。
「我自己最清楚，我一定要保持這張臉。」
「那……個……」
不曉得該如何回答。不過亞美看來也沒有期待他回答，只是帶著笑容繼續說：
「什麼意義？什麼好處？我的做法跟這些有沒有關係？都只是無關緊要的問題……昨天我的做法的確沒意義也沒好處，有的只是想要惹那個令人生氣的小不點不爽吧？因為我和高須同學靠在一起時，那個小不點的表情實在太有趣了。只要和小不點有關的事我就充滿幹勁！小蝌蚪當然是意外。」
「抱歉，我好像……不是很清楚，不過……我好像講的太過火了。」
「什麼？你說什麼？高須同學，我剛才說了什麼？我完全不記得了耶～」

亞美的眼睛彷彿因為感到不可思議而睜成圓形，竜兒有點喘不過氣。這女人為了隱藏本性，可以堅持到這種地步嗎？

「討厭，幹嘛擺出那個表情！不用想得那麼認真，因為這是一種戰術啊！說些莫名其妙的話，讓別人心裡掛念我的事情……這也是沒有意義的喔。」

「說真的，我真是越來越搞不懂妳了……」

亞美聽到竜兒的話，偏著脖子可愛又滿意地笑了起來。

「沒關係沒關係，這樣就可以了。因為我『天生少根筋』嘛！」

就算不懂也沒關係……既然如此我就不想了。竜兒聳聳肩膀看著這個自稱天生少根筋的雙重人格，喝起美式咖啡敷衍過去。

最後連對話也無法繼續。過了十分鐘左右，竜兒的手機震動起來。

『喂？高須嗎？大事不妙。那傢伙從他的位置好像沒辦法順利拍到亞美，所以他現在放棄了，正在看漫畫等你們出來。真不好意思，雖然才進去沒多久，可以麻煩你們出來嗎？』

「啊，我知道了。」

對亞美說明狀況，兩人迅速上完洗手間之後走出須藤吧。北村他們似乎正在靠近那個男人，確認他的舉動。

『不好意思。接著就繼續按照計畫，朝西北邊經過國道，然後繞向公園。』

「了解……川嶋，我們走這邊。」

竜兒與亞美再度並肩緩緩前行。

『另外——還有一件傷心的消息要報告：櫛枝隊員脫隊了。』

「什麼！」

竜兒不由得停下腳步。

不是她說要這麼做的嗎？什麼都沒發生就走了？

聽見竜兒太過震驚而忍不住大喊的聲音，亞美睜大眼睛看著他……不行不行，不假裝平靜的話，跟蹤狂會懷疑的。

「為……為什麼？」

『打工的地方緊急來電，說其他店員感冒請假，要請她代班。店長哭著說，如果她不來的話就開除……不對不對、應該是說，櫛枝不來的話，我會被開除！於是她就哭著趕赴戰場了……以下是櫛枝要我轉告你們的訊息：改天見！更重要的是，真的很抱歉……我們失去一名優秀的士兵……』

竜兒嘆了口氣。実乃梨離開戰線，也就是說現在是……

「那、那現在只剩下你和大河兩人……」

『逢坂隊員相當努力喔！』

「把、把電話交給大河、緊急事件！」

過了一會兒——

『……！』

快哭出來的獨特呼吸聲與沉默一起從電話傳出——是大河。

「大、大河……妳、還好吧？」

『……嗚……嗚嗚……』

聽起來不太好！竜兒粗魯地搔頭。與北村兩人獨處，豈是此刻的大河能夠應付的狀況？光是靠近就全身僵硬，更何況兩個人走在一起……大河不就死定了？

「喂！振作點！有沒有聊得很起勁？有沒有話題可聊！」

『很……很……』

「很……很爽？」

『很緊張——』

噗滋！通話突然中斷。

「咦……咦咦！」

到底發生什麼事？竜兒不由自主盯著手機。平時笨手笨腳的大河光是與北村兩人獨處，就會緊張到說不出話來，更何況現在是跟在跟蹤狂後面！而且電話又突然中斷……真是讓人擔心到不行。

「喂，怎麼了？剛剛是祐作他們吧？收訊不好嗎？」

「嗯、啊，是他們……好像突然斷線了……」

「打過去看看吧？」

竜兒點頭同意亞美的建議，撥了通電話，可是聽到的聲音是：『您所撥打的電話目前沒有開機……』再撥一次還是一樣。竜兒嘆口氣把手機收進口袋……

「打不通嗎？祐作他們怎麼了？」

「好、好像是櫛枝脫隊，而大河遇到麻煩……到底怎麼了？真是的……再打一次看看好了……不，收訊可能不太好……」

竜兒此時才注意到亞美正抬頭注視自己。

「怎、怎麼了？」

亞美無言。

她的眼神，比起對跟蹤狂的害怕，更多了幾分想要探索竜兒內心的味道。那個透明、直接而清澄的眼神裡似乎有點慌張、焦慮不安——

「什、什麼啦！」

「……沒事。」

她含糊笑了一下，轉開視線。竜兒覺得自己得救了。

「只是有點覺得，高須同學好像真的很溫柔。特別是事情和她有關的時候……」

正當竜兒準備要開口問「她」是指哪一個她的時候，口袋裡的手機再度震動起來。總算收到訊號了吧？竜兒按下通話鍵——

「喂！」

『嗚……嗚……』

「大、大河！」

竜兒將耳朵貼近電話——電話那頭到底發生了什麼事？大河的聲音聽起來像是在哭。

「喂，怎麼了！」

『北、北村同學他……』

「北村發生什麼事了？」

聽到這句話，亞美也嚇了一跳，抬頭看向竜兒的臉。

『北村同學掉進水溝裡了！』

「水溝？」

『剛剛我們差點在行人穿越道的地方被甩掉，所以我們慌慌張張追過去，結果他就掉到路旁的水溝裡……北村同學全身上下黏呼呼的，還叫我別管他，快追上去……』

「什麼！」

『他叫我一直跟蹤到找不到為止，還把數位相機交給我……現在只剩我一個人……』

怎麼會有這種蠢事！正這麼想的竜兒耳邊隱約聽到電話那頭……逢坂～小心點～……遠遠傳來的聲音的確是北村。

『我已經搞不清楚自己為什麼要來做這種事了……』

「別、叫妳別哭！這個、這樣的話……也、也對……總之，呃……」

『啊——！』

「怎麼了！」

竜兒嚇得不禁停在原地，屏住呼吸——這回是大河的慘叫聲。

『我……我有事要……報告……』

繼續傳來的聲音讓竜兒的胸口霎時如釋重負。

『我也跌進水溝裡了。今天已經沒辦法再繼續下去了……全身黏呼呼的，數位相機也黏呼呼……作戰失敗，通訊結束。』

「咦……咦咦？大河！喂！大河！……切、切斷了……」

怎麼會發生這種事。

竜兒幾乎愣在當場，一直注視已經掛斷的手機。水溝？那一帶有那麼多水溝嗎？哪有那麼簡單就跌進去？水溝……水溝……

「祐作他們怎麼了？發生什麼事了！」

即使是難以理解的狀況，竜兒還是得解釋給她聽。竜兒毅然決然轉身面對一臉擔心仰望自己的亞美。

「全員陣亡——北村與大河掉到水溝裡。」

「什麼？水、水溝？」

下午四點，剩下大眼瞪小眼的兩個人，不知該何去何從——

「……！」

看到亞美的眉毛動了一下，竜兒也在同一時間反射動作轉身。

甩掉北村與大河的跟蹤狂就站在僅距數公尺之處。他大概想都沒想過自己會被注意吧？若無其事拿著相機，長得一副就是愛傳MAIL的樣子——手機的相機閃光燈持續發光，也許是在錄影吧？

「我、我們走……」

亞美皺起眉、面無血色地跑了起來，竜兒也連忙跟在後頭。還以為對方不可能會追上來，沒想到自己太天真了。

「喂……那傢伙、究竟在搞什麼……」

男人也大膽地高舉手機追了上來。

這附近毫無人煙，如果發生什麼事，竜兒不曉得自己能不能應付。

竜兒一面逃跑一面想——平常人見人怕的我，為什麼這種重要時刻卻起不了作用？是對方太小看我嗎？竜兒稍微轉過頭去瞄了一眼，立刻得到答案：男人的眼睛緊緊盯著手機畫面，相信畫面一定只有亞美，把竜兒當成普通小鬼——事實上也是如此——根本就看不起他。用遺傳自黑道父親的眼睛瞪他，事情應該會有所轉機吧？

「怎麼辦？他還跟著我們！」

亞美被逼得走投無路的聲音在竜兒的胸口糾結。得想點辦法擺脫，安全回到日常世界。

「我想想……距離這裡最近的警察局是……啊啊～～可惡！還有段距離！我們還是盡量逃到警察局吧！」

「我受夠了……！」

亞美可憐兮兮哭了起來——眼淚讓她的聲音顫抖：

「為什麼我非得遭受這種對待不可？全都是那傢伙的錯！把一切搞得亂七八糟！還害得祐作受傷……我、我該怎麼辦才好！」

如果她身旁的人是北村，至少還能堂堂正正打敗對方——他雖然是個會掉進水溝的笨蛋，但是勇氣與正義感都是貨真價實的。或許能夠用聲音讓女孩子不再哭泣——至少，如果他在的話。

可是我還是能夠握住亞美的手，給她一點勇氣——可是亞美正在拚死逃跑，竜兒根本抓不到她的手。抓不到她的手，也保護不了她，亞美的聲音抖得更厲害：

「就為了那個莫名其妙的傢伙，我必須暫停工作、必須搬家、甚至轉學……！弄到最後還不是一樣！這算什麼……現在還得像這樣逃跑！不管我逃到哪裡，他都會追來……他到底打算怎樣啦！」

「川、川嶋！」

或許是激動的關係，亞美的聲音越來越大、越來越尖銳，似乎快發飆了。原本因為哭泣而顫抖的聲音，不知何時只剩下滿腔的憤怒。

「喂！妳這樣子那傢伙會聽見的！要是刺激他……」

「因為真的令人生氣啊！」

咬牙切齒，亞美的聲音爆發了：

「都怪那個混帳，讓我煩得要死，累積一堆壓力，結果吃下超多甜食！肚子變得軟綿綿的！經紀公司說，再這樣下去，我可能真的無法回到模特兒界……這什麼鬼話？我怎麼可能接受！你知道我有多辛苦嗎？但是有這個肚子……有這個贅肉的話……！」

竜兒斜眼看看她的樣子——喔哇！竜兒嚇得喘不過氣來——剛剛還淚流滿面的側臉，已變成嘴唇翻起、太陽穴的血管抽動、雙眼瞇起、鼻子皺出皺紋，簡直就是露出獠牙的吉娃娃——這就是亞美的真面目。

「混蛋……混帳東西……逃跑就代表亞美美輸給那個無聊透頂的混蛋吧！」

出現了！亞美美出現了！

「也就是說亞美美，輸給那個變態、被他看不起……！啊……可惡……王八蛋……生氣……亞美美生氣了……」

「川、川嶋……喂，妳等……」

「高須同學也說過……你剛才說過，叫我別再裝模作樣對吧？我知道了、不要再裝模作樣，亞美美不再裝下去了。給我停、給我停給我停、給、我、停！給我用個性差勁的樣子活下去！」

「妳、等、那是……不是……」

「囉唆！那個小不點逢坂大河，她都沒輸給那種男人！亞美美也不要老是被那傢伙欺負！我旁邊可是有男孩子的，讓你看看我的本事！別小看女演員的——女兒！」

在說不出話的竜兒身旁，亞美突然一百八十度轉變方向，竜兒還沒反應過來——

「唔喔喔喔喔喔喔喔喔喔喔喔喔喔！」

全力朝追來的男人衝刺。手裡揮舞著書包，美麗的容貌像惡鬼般扭曲。

「什麼！咦？」

男人會逃跑也是理所當然的——追逐與逃跑雙方的角色突然互換。

「別跑、混蛋——————！」

亞美追著拚命逃走的男人，同時不斷用粗魯的字眼辱罵著對方。竜兒只能跟在她身後，邊跑邊大叫：

「笨蛋！快住手！冷靜點！別看我這長相，打架我可完全不行啊！」

可是竜兒的話根本沒傳進亞美耳裡。她一看到男人逃進公園裡——

「哦呀！」

亞美像小鹿般靈巧跳過矮樹叢，抄近路來到男人前面——

「耶耶耶————！」

最後丟出書包，長方形的書包低飛旋轉——

「唔哇！」

命中對方的腳，只見他東西散落一地，直接摔在小朋友玩的沙坑上。

亞美立刻撿起男人掉落的手機。

「哈啊……哈啊……哈啊……！」

惡鬼般的亞美喘著氣沒說話——啪嘰啪嘰啪嘰！手機被折成兩半。

、

「噫、噫……」

男人害怕得向後退。亞美把手機殘骸丟在男人身邊。不只這樣——

「哈啊……你、還有吧……用來錄……亞美美……的東西、數位……相機……喂！快點拿出來！」

「在……在那邊……」

男人顫抖的手指著地上一台最新型的數位相機。亞美彎下腰撿起來，好一會兒只見她來回翻轉相機，按下按鈕，大概是打算消除記憶吧？

「住、住手！那樣會被妳弄壞的！」

「哈啊……哈啊……」

還沒弄清自己立場的男人大聲喊叫。他的叫聲似乎觸怒了亞美，氣衝衝的亞美手抓著相機的吊帶。

「嘿！」

「呼呼呼！」揮舞相機，最後順著離心力把相機砸在水泥椅上。

「哇啊啊啊啊啊啊！」

男人哀號。不愧是最新型的相機，撐得住一次兩次的衝擊（裡頭怎麼樣就不知道了）。

「嘿！嘿！嘿！嘿！……嘿嘿嘿嘿！」

反覆的暴力相向之後，相機終於發出令人愉快的「喀喳！」聲，不能脫落的地方脫落了。不過亞美還是持續不斷——

「嘿！嘿！嘿嘿嘿嘿！壞掉吧……壞掉吧……粉碎吧……壞、掉、吧啊啊啊啊！」

——看來她真的累積很多壓力吧？亞美手抓著吊帶不斷敲打，直到相機完全看不出是相機。男人半身伏在沙坑裡，早已無聲哭泣。竜兒在這幅地獄景象前面，找不到一句話能夠安慰雙方。

「嗚、嗚、我的相機啊……」

「好……接下來要弄壞什麼呢……？亞美美心情好像變好了喔？嗯？」

亞美美執拗地踩著已經四散碎裂的相機殘骸，冷酷地咧嘴微笑。

「喂！可以弄壞～嗎？亞美美可以全部弄壞嗎？喂！有沒有在聽啊？回答呀！你也想要變成那個樣子嗎！」

「拜託放過我吧！」

男人在沙坑裡下跪磕頭，顫抖的雙手對著亞美合掌求饒。

「你確定以後不會在亞美美周圍徘徊？」

「我發誓！雖然我已經發過很多次誓了！」

莫名變得孩子氣的男人沒出息地哭出聲音。

「看到妳像鬼一樣，我已經嚇死了！亞美不再是我的天使！大騙子！妳根本就是惡魔！妳這可怕的傢伙！這是詐欺！我不想再和妳有所牽連了！可愛的天使亞美根本不存在！亞美～～～～！話說回來，我現在才注意到，妳為什麼要和可怕的不良少年交往！」

「你說我是不良少年……」

對於男人來說，比起手機與相機被弄壞，夢想瓦解才是最大的痛苦。他似乎沒有打算反擊，就這樣沒出息地放聲大哭——算亞美走運，今天這傢伙不是帶著凶器的「真正」危險傢伙。然後，那個人最後的台詞是——

「妳這傢伙性格糟透了！」

「你說什——麼？」

亞美冷冷回應，然後突然想起什麼，從制服口袋拿出鏡子照著自己，手握拳擺在下巴附近，微微一笑。

「亞美美這麼可愛♡性格如何有——什麼關係呢♡」

＊＊＊

——她的逞強只維持到出了公園第一個轉角處。

「來，坐下！那邊的報紙移開！」

「嗚……嗚……」

竜兒扶著亞美，讓她坐在坐墊上——

「手、手指放不開～」

亞美哭著仰望竜兒，緊抓住竜兒手臂的手指已經僵硬到無法鬆開。

「放鬆，慢慢來沒關係。」

平靜的夕陽照進高須家的二房一廳，亞美坐在晒到褪色的榻榻米上，努力調整呼吸閉上眼睛——

雖然成功讓跟蹤狂死心，可是威風凜凜走在人行道上的亞美一過轉角，立刻就腿軟癱坐在地上說著：「好、好恐怖喔～！」

身體抖個不停，淚水不斷從眼眶落下。大概是太緊張的關係，全身僵硬緊繃。要是竜兒不扶著她，別說是走，連站都站不起來。乾燥的嘴唇不停顫抖，這種狀況實在沒辦法放她一個人不管。

繞過公園就離高須家不遠。所以竜兒把肩膀借給她，扶著她回家。沒想到——

「笨蛋泰子，跑到哪裡去了？」

讓亞美坐在坐墊上，竜兒困惑地站在廚房環顧靜悄悄的屋內。沒想到家裡沒半個人。早知道就叫計程車把亞美送回家去——把正在哭泣的女孩子帶回無人的家裡，並不是竜兒擅長應付的情況。就算女孩子沒在哭，他恐怕也應付不來。至於大河——那是例外中的例外。

總之要先讓亞美平靜下來。竜兒用微波爐加熱牛奶，加入一些蜂蜜後端給亞美。

「謝、謝謝……」

「想喝的話還有很多。不想喝甜的，還有茶或咖啡……呃……不過咖啡才剛喝過……」

「沒關係，這就好……」

喝下一口，亞美終於長嘆一口氣：

「真好喝……可以再加點糖嗎？」

「只有蜂蜜，要嗎？」

亞美點點頭。竜兒輕輕將蜂蜜加進亞美手中的杯子裡，用湯匙攪拌。這時亞美的唇邊終於再次亮起淡淡的笑容：

「真沒想到高須同學竟然會喝這種東西？」

「我不太喝，是大河喜歡喝。」

順勢說出口後，竜兒發現亞美抬眼看著他。

「大河……高須同學總是這樣叫逢坂大河呢！」

「刻意掩飾反而奇怪吧……」

這不是什麼藉口，也不需要找藉口——

「我們只不過住的很近，加上她家裡又只有她一個人……我家有我和媽媽，但也幾乎是一個人，所以……嗯，很多啦……就是幫忙做家事……一起吃飯，就像兄弟一樣……」

「嗯——是這樣啊。」

也不知道她究竟接受不接受這種說法，總之亞美沒有多說什麼。

「這個真的很好喝耶！下次我也在家裡做做看吧！」

亞美捧著加入很多蜂蜜的熱牛奶，一點一點喝個不停。

「妳覺得怎麼了？」

聽到竜兒問話，亞美只是抬起眼，嘴巴停留在杯口，難為情地微笑，然後撇過頭去。

「啊啊~真是……太丟臉了！都已經決定要堅強……結果還是抖個不停露出馬腳。」

「這也是理所當然的。看到妳突然跑出去，我也是抖個不停呀！幸好那傢伙不是危險的暴力分子。」

「對不起……」

亞美終於轉回頭，把空杯子擺在矮桌上。是夕陽的關係嗎？她的臉頰隱約染上淡淡的橙色，褐色的瞳眸也像琥珀般晶瑩剔透。

「連我自己也不敢相信……被媽媽知道的話就完蛋了……竟然做出這麼危險的事。也許是受到逢坂大河的影響吧？昨天在河堤上，看到那傢伙那麼輕易地趕走跟蹤狂……突然覺得膽小害怕的自己很丟臉，感覺自己……好像輸給她……」

「大河有點異於常人，妳不能拿她當標準。」

「掌中老虎對吧？麻耶她們有告訴過我……呵呵，那個綽號真是太貼切了。要與掌中老虎一較高下，我也非得鍛鍊一下不可。」

「川嶋本來就很強啦！」

「很強？呵呵，只是人格有點扭曲。自己這麼說好像有點那個，不過亞美美真的是人格扭曲到極點的孩子喔！高須同學也很清楚吧？一肚子壞水，是個壞心眼的孩子。昨天……該不會更早之前就知道了？所以你才會說怎樣也無法掩飾。」

亞美聳聳肩笑了笑。現在的亞美不是平常戴著面具的亞美。眼睛好像要吃人似的睜得大大，嘴唇微妙的角度看來有些刻薄，在這個亞美身上完全看不見天使般的純真。相反地狡猾且殘酷，似乎真的很壞心，不把對方當人看的傲慢一點一點滲入她的表情，然而……還是很漂亮——這種感覺與竜兒想要批判的心情一同樣強烈。

「啊……我忘了那些跌進水溝的傢伙……」

「和祐作在一起就不用擔心了。」

那樣反而更糟糕吧！可是亞美說出這句話時的表情，讓竜兒又將好不容易想起的那兩人忘得一乾二淨。

微笑的臉開始緩緩緊繃，亞美靜靜憋住氣，像是在忍住疼痛。

「那個傢伙真幸福。」

「那個傢伙……妳是指大河嗎？」

亞美只是低著頭，沒有回答。

「譬如說，剛剛的跟蹤狂……一定很容易喜歡那傢伙。只要在照片上、電視上看起來可愛，大部分人就會隨隨便便喜歡她……你看嘛！因為亞美美也是超可愛的呀！」

最後那句話大概打算搞笑吧？可是竜兒不覺得想笑，看著亞美說話時僵硬的側臉，誰會有心情笑呢？

「同樣的……也很容易被討厭。只要告訴他們，你們所喜歡的亞美不是真正的亞美喔！然後讓他們瞧瞧亞美的真面目，他們立刻就會自以為是地討厭我。」

眼中浮現自嘲的眼色，讓竜兒不由得轉開視線——那副模樣讓人覺得心痛——可是如果對她說這種話，應該更是種傷害吧！

「那種事……也不能這樣說吧！」

「可是這是事實啊！剛剛那個男人不也是這樣？真正困難的是要讓大家喜歡真正的我。所以那傢伙……我好羨慕逢坂大河！她一點也不想掩飾自己的脾氣，即使那樣，高須同學卻還是一點也不討厭那個亂七八糟的傢伙，這點讓我有些……不，是非常、非常不甘心。我想要讓那傢伙後悔，所以打算把高須同學搶過來，卻完全搶不了。我還是第一次遇到這種情形。為什麼？怎麼說都是亞美美比較可愛呀！為什麼？為什麼亞美美不能成為你心中的第一？這是怎麼回事？我怎麼能夠允許這種狀況？絕不允許！我和她……我和她就差那麼多嗎……我好嫉妒她……」

竜兒悄悄嘆了口氣。

亞美這麼羨慕大河，而大河則羨慕亞美到一個人蜷縮哭泣。兩人都想得到對方身上自己所沒有的東西。結果這兩個傢伙卻可能永遠無法好好相處，兩人的想法只能在空中交錯。要大河與亞美，像大河與実乃梨那樣和平相處是不可能的事吧？應該不可能吧？

可是唯有一件事情，我必須幫大河說話。亞美說大河「不掩飾脾氣」，事實上那卻是大河在竜兒之外的其他人看不見的地方拚命掩飾的部分。

「川嶋不是已經有北村了嗎？」

「祐作？」

「那傢伙真的很擔心妳、為妳設想、很在乎妳、也很了解真正的妳，甚至還為了妳跌進水溝裡。」

「是啊……可是祐作不行。」

一束頭髮滑落，擋住亞美這時的表情。

「祐作已經有『唯一喜歡的女生』了。」

「……咦？」

思考停止。

不經意浮上腦海的，是入學之初北村告白的對象——大河。但是北村已經對大河表明朋友立場了。大河接不接受還是另當別論，可是他對大河的態度，在現在這個時間點上來看，似乎不像是面對喜歡的女孩。那會是誰？跟他很親密的話，実乃梨？還是麻耶？還是——

「高須同學……」

怦！心臟跳了一下。

亞美彎下身子像貓一樣走近，將臉無聲貼近竜兒。聞得到牛奶香——竜兒無法正視亞美，直接用屁股往後退，可是背後立刻就碰上牆壁。

亞美沒有再靠過來。

沒再靠過來，而是把竜兒緩緩拉進琥珀色的水汪汪大眼睛裡——

「高須同學……如果我、如果我讓你看到真正的我……你會怎麼做？」

「什、什麼怎麼做？」

「會……喜歡上我嗎？」

全世界的聲音都消失了。

竜兒的腳撞到矮桌，在一片無聲中，空杯子掉到榻榻米上。

距離兩人的鼻子相碰還剩下五公分。

能說是開玩笑的時間點快過了，這時亞美終於噘起嘴唇——

「開玩笑的，騙你的啦！心動了嗎？」

然而——

「啊呀呀呀呀嗯……」

認為是玩笑的人，似乎只有他們兩個當事者。「咚！咚！」竜兒聽到裝滿東西的塑膠袋掉落在榻榻米上的聲響，嚇得幾乎跳起來。

反射動作轉過頭的亞美，正跨坐在竜兒的下半身。

反射動作轉過頭的竜兒，正抱著亞美的纖纖細腰。

「泰泰……不是故意的……嗯……那個……買東西、北村同學和大河妹妹掉進水溝……然後呀……那個啊……啊~嗯，怎、怎麼辦啊~？」

沒上妝的泰子兩手捧著臉頰，一邊大叫一邊扭動身體。

在她背後，玄關處的北村渾身滿是泥水，表情可怕地將折彎的眼鏡推上鼻梁，杵著木刀站在那裡。

同樣渾身泥水的大河——

「不會吧……」

在北村背上的大河沒有多說什麼，只是沉默張大眼睛。

在沒有任何人注意的房間角落，出乎意料看到一切的小鸚，全身羽毛開始輕輕飄落。

幸福的掌中老虎傳說

TIGER×DRAGON!・SPIN OFF

舊校舍三樓。

明明已經是放學時間，走廊上卻依然昏暗，絲毫沒有學生的氣息。快壞掉的日光燈偶爾發出聲音、忽明忽滅，照得走在燈下的富家幸太，憂鬱面容更加陰沉。

總算來到一扇門前面。門上用透明膠布貼著一張從筆記本撕下來的紙，上面用鉛筆潦草寫著：

「學生會辦公室」

「啊啊。」幸太嘆了口氣，黯淡的眼睛俯視著老舊的門把。為什麼自己每天都要來這裡報到呢？

「啊——哈、哈、哈、哈、哈！」

「這是會長吧……」

從門裡傳出過分豪爽的笑聲，將幸太的存在感徹底抹去，幸太在這個會被忽略的危險時間點停下腳步。腦海裡不由自主浮現笑聲主人的模樣。

可靠的個性、有時候會展現嚴肅一面的父愛……適合「大哥大」或者「老大」之類的稱呼，簡直就是「男人中的男人」——幸太並不討厭這種人。

「打擾了。」

打開門踏入辦公室的同時——

「哦——！一年級的菜鳥，太慢囉！快到那邊坐下、坐下！」

「嗯……」

已經認識那個人幾個禮拜了，不過還是不適應。

「嗯？怎麼那麼沒幹勁的回答？」

嘖！旋即又笑著露出雪白的牙齒，說聲「吃吧！」就把點心丟過來。那個充滿男子氣概的人，名字叫做「狩野堇」——真是難以接受這項事實。

不光是這樣，那個人——

「會長抱歉，這是去年度預算案的資料。」

「喔！我要在這邊看，滾到一邊去。」

沙……黑色絲絹般的長髮輕柔披在纖瘦的肩膀上，俯視的眼睛帶著涼爽的感覺——她有著白皙和風美人的外貌。

這就是學生會長狩野堇。

入學以來，是個意志堅定、從不曾把第一名的寶座讓人的超級好學生。附帶補充，她的妹妹狩野櫻目前就讀小她兩屆的一年級，校內的人稱她們為「狩野姊妹」——也就是說，堇既是學生會長、也是大哥大、也是狩野姊妹裡的老大。

「喂，幸太，你今天也是一個人吃飯吧？經過你教室前剛好看到你孤單的身影喔！」

「請別管我……」

堇張開雙腿坐在窗邊的椅子，一手拿著資料，同時面帶微笑看著幸太，一點也沒有打算不管的樣子。

「你還沒交到朋友啊？五月都要結束囉？進來到現在不是兩個月了嗎？」

淡粉紅色嘴唇說出的話中不帶有任何擔心的感情。幸太默不作聲背對著堇，目光落在活動日誌上。

「一年級的小鬼膽敢無視我？」

「哎呀哎呀，會長。」

學生會副會長，二年級的北村祐作趕忙伸出援手。超認真的銀邊眼鏡閃著光芒，以穩重的語氣介入調停。

「幸太晚了一個月才入學嘛！所以進來才一個月喔！」

「喔！也對！」

「啪！」一聲，堇以瀟灑的動作拍手。

「你說過……是因為……什麼原因？在開學典禮前一天被車撞到……？」

「不是。被車子撞到是第一志願的入學考前一天。」

「沒錯沒錯！嗯……對了！是因為隔壁失火灑水灌救，害得你們家淹大水……」

「那是國中畢業旅行前一天發生的事情。入學典禮前一天是肚子劇痛，沒想到是盲腸炎，結果在吃飯慶祝的店裡發作，昏倒時還弄翻別人的桌子。」

「對對！然後就這樣住院一個月！」

——面對堇的手指，幸太只是沉默低頭。接下來會說什麼他已經知道了。

「你真是諸事不順的倒楣鬼啊！」

啊——哈、哈、哈、哈、哈……有什麼好奇怪的。

「會長笑得太過分了，幸太的心情很低落喔！」

豪爽的笑聲一直持續到北村出面訓斥。兩位二年級的前輩——書記以及總務也假裝埋首於工作，肩膀微微顫抖。

要笑就笑吧！幸太鬧彆扭閉上嘴，把臉轉到一邊。我這個倒楣鬼礙著你們，真是抱歉。

確實如此。每回遇上「最……」的時候，幸太的命運之輪必然朝向「麻煩」的方向轉動。從降臨到世上的那一刻起，到今天為止都是這樣。順帶一提，在他哇哇大哭從媽媽的子宮出生的瞬間，爸爸用來拍攝的攝影機正好沒電；醫生只顧著注意爸爸，剛好沒接到從媽媽腿間蹦出的幸太。

麻煩至今依然持續發生。不過進入學生會是他自己決定的。

在高中入學這個人生重要時刻遲到，幸太發現自己沒辦法融入班上。個性不活潑，而且想要交朋友就是要參加社團活動，但是等他進來的時候早就錯過招募新生的時機，完全失去加入社團的機會。

也不是被討厭，但結果就是中午休息時間連個一起吃飯的朋友都沒有。這到底是怎麼回事？正當幸太相當傷腦筋時，有張海報突然出現在他面前——

「學生會徵求總務！歡迎新生！」

總務……簡單來說就是行政工作吧？雖然他對學生會或行政工作完全沒興趣，但是——「歡迎新生」——這句台詞讓當時的幸太看見光明，感覺就像是快趕不上的電車最後一節車廂，還開著最後一扇門。

希望能夠和同樣是一年級的總務成為好朋友。也可以說，如果能夠成為「學生會的富家幸太」，今後或許就能脫離被忽視的現況——至少他是這麼認為。

到現在仍然清楚記得自己鼓起勇氣來到學生會辦公室、第一次開門的心情。

只見留著一頭美麗黑髮的和風美女，露出驚訝的神情轉過頭來。能夠和這樣的美女一起參加學生會真是意料之外，也是難得的好運。可是心裡才剛這麼想，那位美女就「喔——！」

男性化的舉起手來，張開雙腿，一屁股坐下說道：「你是一年級的吧？怎麼了？總之先坐吧！」對他「乓！」拍拍空椅子……呃！幸太腳軟了。幸太所遇到的美女，原來是披著和風美人外皮的可靠「老大」。

而且一年級的總務只有一位。班導甚至連學生會裡有這項職務都不知道，當他去向班導報告時還被反問：「咦？你是總務？」

可是只因與自己任意猜測的內容不符就要退出，幸太也辦不到。最後只好在每天放學之後前往學生會辦公室報到——真是件麻煩的例行公事。

真是倒楣透頂。

「唉——好想摸『掌中老虎』……」

這句獨白混著嘆息一同從他口中吐出。

「嗯……？」

首先反應的是北村。

「你剛剛是不是說了『掌中老虎』？」

「北村學長知道『掌中老虎』嗎？」

「不要用問題來回答！」

幸太的頭頂被堇的愛之鞭——筆記本的一角「喀！」敲了一下。

「好痛！做什麼啊？沒辦法嘛！這剛好是我想知道的事情……」

用筆記本一角敲了幸太腦門之後，順勢開始在幸太頭頂高速「嘎嘎嘎」鋸了起來。

「啊啊啊、燙燙燙！」

「少看不起筆記本！紙漿的原料可是木頭！什麼叫做你想知道的事啊！」

「幹嘛那麼暴力……班上同學都在說……」

——可以摸到「掌中老虎」的話，到畢業為止的三年裡，就能夠過著幸福的生活！

聽到這個很像「校園七大不可思議之一」的消息，正是被堇目擊到孤獨吃飯的午休時間。在幸太身後聊天的同學們的談話，不經意傳入他的耳朵。

「嗯……所以倒楣的你就決定一定要摸到。但是對方又不是你朋友，你也沒辦法向他問個詳細，對嗎？」

你要龜到什麼時候啊！對於堇接下來的發言，幸太再度轉身暗自喃喃：

「夠了，請你們別再管我了……我只是有點好奇。也沒有什麼行動，反正大不了就像是咒語之類的東西吧！」

「不是……」

北村的聲音突然在辦公室響起。

「『掌中老虎』是實際存在的東西。我就曾經見過。」

「咦？真的嗎？」

對於這個應該要感到震驚的消息，堇也舉起柔嫩的手：

「我也看過喔！」

其他幹部也交換一下眼神，跟著會長舉手——「我也有、我也有。」

「各位學長姊都看過嗎？」

「是啊，看過的人大多是二年級學生……可是，幸福的掌中老虎傳說……能夠獲得幸福

……怎麼會變成這麼誇張……」

北村忍不住「呵！」笑了起來。堇底下的其他幹部也以輕鬆的表情詭異微笑。

「怎……怎麼了嗎？這是怎麼……」

幸太獨自處在狀況外，只能環顧四周，期望有人能夠告訴他。

「有了！」

堇突然大叫。

「幸太，你去摸『掌中老虎』！」

「什麼……？」

「像你這種諸事不順的倒楣鬼待在這裡，整個學生會都有可能被你拖累。這是會長命令！你一定要去摸『掌中老虎』，治好你的霉運！」

「叫我治好霉運……可是我連『掌中老虎』是什麼都不知道啊！」

「去問不就知道了？去問班上同學，明天馬上開始收集情報。」

「聽起來似乎很困難……」

什麼？堇的雙眼變得十分危險。

「好了好了。」北村再度介入：「突然這麼要求也有困難吧。幸太，先給你一個提示。你去我們二年C班找一位叫櫛枝的同學。據我所知，她是這間學校裡最了解『掌中老虎』的人。」

「櫛枝……前輩嗎？」

嗯嗯。北村點點頭，臉上帶著親切的笑容看著幸太。

「北村學長……」

「嗯？」

「你好像很高興的樣子。」

「嗯，還好。」

眼鏡後面那對理性的眼睛，總是讓人猜不透他在想什麼。現在那對蘊含笑意的眼睛，平靜的眼神彷彿透視幸太，直直穿過他望向前方。

幸太雖然覺得北村是個好心的學長，但他也是堇的左右手——總覺得學生會辦公室的每個人都有點怪。

諸事不順的倒楣鬼幸太顧不得自己的異常，眼神恐慌地望著前輩們的表情。

＊＊＊

聽好了，幸太。「掌中老虎」是這個學校裡實際存在的東西，恐怖又殘暴，想要觸摸是件很困難的事。

——這是堇特別告訴幸太的優待提示。可是提示就只有這樣，還是無從得知「掌中老虎」究竟是什麼。幸太猜測，應該是普通的銅像之類吧？

「這已經算是恐嚇了吧……」

之後堇還落下狠話——你敢無視會長命令就死定了！

『呃……這是指退出社團嗎？』

幸太心想，那我寧可那樣。誰知道：

『不對。是強迫你當下一任的學生會會長。』

『下一任學生會會長不是現在的二年級嗎？』

『賀！第一位一年級學生會會長誕生！』

『我才不要！』

隔天，幸太直接來到二年C班門口。

神情憂鬱的幸太，猶豫不定站在高一個學年的學長姊教室前。若無其事窺視教室裡好一陣子——沒看到可靠的北村學長，只好自己找個人問問，找出「櫛枝」這個人。

「對、對不起。」

「什麼事？」

他心一橫出聲叫住路過的學妹。轉過頭來的那個人：

「有什麼事嗎？」

臉上浮現開朗的笑容，溫柔的褐色眼睛看向幸太，圓圓的臉頰帶著微笑，粉紅色的嘴唇閃著滋潤光澤，無處不令人眩目。這位直接坦率又健康的學妹，每一個小地方都與那位「老大」相差很遠。

「啊，那個……我想找一位叫做櫛枝……」

「是——的！」

「的……前輩……」

看見她直直伸向天空的手，幸太稍微不解地偏著頭，又開口：「那個……」

「是——的！」她又再次舉手——

「我就是櫛枝——！」

「什麼！」

原來如此，很可愛不過也有點怪……幸太再次情緒低落。最近遇到的每個人都有點怪，這也是因為「諸事不順的倒楣鬼」霉運作祟嗎？

「喂喂，『什麼』是什麼意思？你不是找我嗎？」

櫛枝笑著拍了一下幸太的肩膀，害他腳下一個踉蹌。幸太盡量站穩腳步朝著前方。

「北村學長叫我來找學姊……」

不想輸給堇的威嚇，所以才心一橫跑來找櫛枝，沒想到——

「北村同學？嗯——他沒跟我提過耶？」

「咦……？」

腦子裡出現那張戴著眼鏡的臉——怎麼會這樣……幸太一時語塞。也就是說，他必須重頭向櫛枝說明自己要找「掌中老虎」的始末嗎？這實在有點丟臉……一年級學弟特地跑到二年級教室來問：「掌中老虎在哪裡？」而且還問得很認真，這實在是有點……

「喲！櫛枝！他是一年級的富家幸太。他要調查『掌中老虎』的事，所以我要他來找妳。我說櫛枝對他要問的事情很清楚。就是這樣！掰！」

一陣風般正好路過的北村，簡單地把丟臉的事說明完畢之後離去。回過神來——

「啊？」

櫛枝的眼睛突然警戒瞇起：

「你在調查『掌中老虎』的事，是嗎……？」

「學姊……妳的語氣好像……」

「閉嘴！」

靠著門的櫛枝伸出雙手撐著牆壁，阻斷幸太的退路，不見開朗的笑容，下巴稍微突出：

「你調查『掌中老虎』的事，打算做什麼……？」

她用壓低的沙啞聲音瞪著他。

「那個，就是……打算要摸……」

「要摸？要摸嗎？你想摸嗎？原來是想摸啊！」

「妳說了四遍了……嗯……是的。」

唉——櫛枝長長的嘆息吹得幸太瀏海不停搖曳。

「你應該有買保險吧？我指的是傷害險。」

「有買。」

不管怎樣，幸太還是希望自己這種天生倒楣的體質就算被捲入任何事態，總還能有個保障，因此唯有保險是每一項都有買。

嗯嗯。聽到這個答案，櫛枝深深頷首：

「聽好了，年輕人……你好像還不知道『掌中老虎』是什麼東西……」

「是啊，所以我才來問妳。」

「就算從我這個老婆婆口中聽到什麼，現在的你還是無法理解的喲……婆婆就給你一個提示吧……『掌中老虎』的『掌中』，指的是尺寸喔……」

馬場（註：在日文裡，「馬場」與「婆婆」同音）……？

然後在倒楣的幸太面前——

「唔！咳咳！咳咳！咳咳！咳咳！」

「櫛、櫛枝學姊，妳還好吧？咦咦？」

咳咳——！大聲咳嗽、自稱婆婆的櫛枝把頭髮弄得亂七八糟，迅速滑落地面單膝跪地。

「這、這是在演戲吧？妳是在開我玩笑嗎？」

「婆婆……已經不行了……其他事情……你去問……名叫……高須……的人吧……」

然後就突然倒在午休時間的走廊上、裝死倒臥在地。裙子整個掀起，露出穿著白色內褲的屁股，可是她也沒有任何驚慌或者想要掩飾的樣子。如果是平常的話，早就因為如此幸運的遭遇而流鼻血了……啊啊——怎麼辦？這位學姊似乎不只有點怪而已……

「請問……高須是哪一位？」

路過的同學跨過櫛枝的身體繼續往前走，總算有個女孩子說：「喂！內褲、內褲！」幫她把掀起的裙子整理好。即使如此，櫛枝仍繼續倒臥在地，伸出食指輕輕指著教室角落——她指向的位置有幾位二年級學長正在愉快談笑。

咕。幸太嚥了下口水。那群人之中有一個人注意到這邊而轉過頭。

「櫛枝在做什麼啊……？」

看三小！找死嗎？

那個人周圍散發的氣氛，看起來好像是這樣——絕非一般人的銳利眼神，不耐煩而扭曲的殘酷長相，雙腳喀噠喀噠抖個不停，全身上下散發出過度危險的光芒。為什麼在這種普通高中裡頭會有那種超級不良少年呢？

靈光一閃！

那個不良少年絕對是高須。

幸太的命運總是朝著「最不希望」的方向走，所以絕對是他！還是算了吧！回教室去吧！幸太認為這個判斷真是既正確又快速，誰知道——

「高須同學……這位年輕人好像有事找你……」

「啥！」

比幸太快一步，那個照理說應該已經死去的櫛枝親切地幫他叫了高須一聲。

「什麼?」聽到櫛枝的話而做出回應的人——事到如今幸太也不覺有什麼好驚訝——就是那個不良少年。眼睛閃閃發光,從座位站起身來——個子不高,可是起身的魄力相當驚人。幸太甚至看到他背後的景象逐漸扭曲……

高須粗魯地舔了下嘴唇,移步往這邊走來。噠噠噠地大步靠近。

「哇、哇!」

幸太反射動作向後轉,跳起來轉換方向,準備順勢逃離——

「啊!」

「……!」

胸部附近感受到輕微的衝擊。撞到誰了嗎?腳下不穩地轉身⋯

「對不起!」

慌張低頭,準備就這樣飛奔出去——

「好……痛……」

發生了出乎意料的意外。一個嬌小的女孩蹲在走廊角落,似乎被幸太撞飛而跌倒在地。

幸太嚇了一跳,想上前關心,不料——

「呃啊!」

噗啾!腳底有股大事不妙的感覺——掉落在走廊上的三明治被幸太一腳踩扁。應該是那個女孩原本拿著的東西吧？可是高須正在逼近，女孩依然蹲在原地，現在不是管什麼三明治的時候了。總之，幸太伸出手來打算拉女孩一把。

「妳沒事……」

說不出話來。

洋娃娃般的長髮溫柔蓋在瘦小的身體上，女孩輕輕抬起臉，看著幸太。

雪白透徹的臉。

眼睛像是倒映著宇宙，閃耀不可思議的色彩。

薔薇蓓蕾般微張的唇。

由糾結的髮間窺探到驚人的美貌，讓人瞬間忘了呼吸。

「哇……啊……」

幸太感覺到閃電擊中腦門的衝擊，讓他剎那間忘記即將降臨的命運，陶然看著那對眼睛出神。彷彿自己全裸飛進星光閃耀的夜空，那是股危險的衝動——他已經搞不清楚周圍的狀況了。在場的二年級學長姊們為什麼全部定在原地一動不動、為什麼一起屏息以待，他已經全然不在意。

只有眼前這個美麗的少女……

「快走！」

「……！」

出聲的人是高須。

不良少年高須不知什麼時候來到身邊了，突然躍進眼前，像是要把少女藏在背後似的站著原地——臉上帶著世界上最恐怖的表情。

「快走！如果還愛惜自己性命就快走！」

「什麼……？」

高須大叫「去！去！」一邊揮手。

「別站著不動！快走！」

「好、好！」

那簡直就是恐嚇。不知所以然的幸太無法抵抗高須的聲音，只能丟下女孩逃離現場。

也就是說，女孩被限制行動了。

回顧一連串的事情，幸太得到這個結論。不良少年高須以恐怖統治限制那名女孩的行動。具體情形雖不清楚，但大概八九不離十。

「真想幫她……」

唉……幸太在下課後的學生會辦公室裝模作樣地嘆息。

有兩對視線正以奇妙的速度掃過幸太。

「真不愧是幸太呀。」

堇以莫名感佩的語氣開口。在她身旁手臂交抱胸前——

「他自己正逐漸往不幸的方向高速前進……這個倒楣鬼矇著眼，朝著遠超乎我們預估的方向急速而去。」

連北村也說出這種話。嗯嗯，其他幹部也認同，讓這個原本就不太寬廣的空間產生奇妙的同儕意識。

「隨便你們愛怎麼講就怎麼講。」

哼！唯一被排擠的幸太以後腦勺對著學長姊。

此刻的幸太完全不怕遭遇不幸。他甚至覺得，如果自己的不幸能夠解救那位二年級美女，不管多麼不幸都沒關係——簡而言之，就是一見鍾情。

事到如今，幸太極度後悔當時拋下她離開。被那個不良少年瞪視……不，就算是倒楣到要與他為敵也無所謂。只要稍微忍過痛苦，之後就是幸福快樂在一起的美滿結局啦！

「會長，我要去救她。」

幸太抬起臉，堅決直視進堇的杏眼。堇一時間說不出話，緩緩搖頭：

「不准、別衝動、別多管閒事！剛才突然有陣寒意……你既然清楚自己是個諸事不順的倒楣鬼，就不該有過分的行動！」

「不——要——！我要嘗試。絕對可以成功的！我想救出那個可憐的女孩，然後去摸『掌中老虎』得到幸福！我要和那個女孩一起去摸……一起得到幸福……再說，一開始要我去的人就是會長吧？」

「我應該沒有要你去救什麼可憐的女孩吧……？」

幸太猶如在夢裡，任誰說什麼都不聽，腦中所想的只有那張雪白的臉、水潤的星空之眼、有如玻璃般朦朧的表情，帶著妖精般溫柔的輪廓……那樣美麗的女孩，全世界找不出第二位。

「那個……幸太，我有事情要跟你說……」

「請別管我！」

聽到北村的聲音打算破壞他美麗的夢想，幸太連頭也不回。沉浸在自己的幻想中，成為夢想世界的居民——腦中浮現一幅幸福的景象：自己與那位女孩還有掌中老虎的圓滿結局。

「啊——算了，北村，別管他，讓他去吧！既然已經到了這種地步，就讓他做到底吧！」

堇下定決心的聲音沒有傳進幸太耳裡。

「既然幸太叫我們別管他，也不接受我們的建議，就讓他自己努力吧！」

「這樣沒問題吧……嗯……就這樣吧！」

＊＊＊

她、她在教室裡！

幸太忍住想叫她出來的衝動，低調走過教室。從剛才開始就不停假裝路過二年C班，在走廊上來來回回，並且裝做若無其事從窗戶窺視裡面。總算發現她的身影，而且也沒被櫛枝與高須看到。

潛身在轉角牆邊反覆偷看。明明是午休時間，她卻安靜坐在自己的位置上沒和任何人講話。嬌小的肩膀被孤獨環繞，就像是孤芳自賞的薔薇。沒有朋友這點和自己相同……想到這裡的瞬間，幸太立刻搖頭否認。

一定是嫉妒心強烈的高須威脅她，禁止她與其他人往來吧？一定是這樣！高須、你這傢伙！心胸真是太狹隘了！

「請加油，我就快要帶著『掌中老虎』去接妳了。」

幸太小聲說著，再度以若無其事的表情離開走廊。他把手伸進口袋，緊緊握住要給她的禮物——那是剛剛才買的，還是熱的罐裝咖啡。

如果能夠親手交給她是最好，但是兩人又還不是那種關係，所以先用「無名氏」吧！

「嘿！」

看我奇蹟般的控球力——幸太從窗戶把溫熱的罐裝咖啡丟向心愛的她。在他腦海中出現的畫面是——「來，喝吧！」、「咦？」咻！咕嚕咕嚕咕嚕……啪！「真……真暖和……」然後雙手捧著罐子。罐裝咖啡果然按照幸太的想像拉出一條漂亮的拋物線往她的頭部直線飛去。他看到這裡便快速離開現場。

背後傳來「鏗！」的聲音，可是專心逃跑的幸太完全沒注意到。就連幸太自己都不敢相信，自己竟然會做出這麼大膽的行動——害羞的自己竟然做得出這種像是連續劇的舉動！啊！體會到戀愛的滋味之後，自己也逐漸像個男人了……他雙手捧著火紅的臉頰逃跑，悄悄露出女性化的羞態。

溫暖的罐裝咖啡中，包含了幸太深遠的含義。改天再送她一個更溫暖的東西當禮物吧！沒錯、就是「日常生活的幸福」，代表自己已從高須手裡解救了她。

這樣一來，和獲救的她一起觸摸「掌中老虎」的日子也就不遠了。手握著手、臉靠著臉，兩個人一起摸著能夠擺在手掌的老虎雕像或什麼的，光亮亮、滑溜溜。當他說：「一起幸福吧♡」然後聽到她回答：「嗯♡」

「真是的，我的幸福終於要來了嗎……？」

抖抖抖，幸太因為開心而顫抖不已——

「！」

這股顫抖在放學後被另外一波新的顫抖抵消。在學生會辦公室裡一如往常打混摸魚後打算回家時，幸太站在鞋櫃前看著裡面。

他的鞋櫃裡頭擺了一張整齊折好的活頁紙，裡頭似乎寫了些什麼。這是什麼？幸太打開一看，心臟一下子凍結成冰。

上面以潦草的字跡寫著：

小心夜路　二C高須

只有這麼一句話。

「喔——」

「唔哇！」

突然發出的聲音嚇了他一跳。嚇攤的幸太臀部誇張地撞上鞋櫃發出聲響。

「有、有事嗎？你這傢伙現在不是有社團活動嗎！」

「今天休息。」

即使被學弟叫「你這傢伙」，北村仍然繼續微笑。他從幸太背後窺視手裡的紙條——

「是高須給你的警告嗎？那傢伙也很辛苦呢。」

北村低聲開玩笑。

「不是那樣啦！這、這個，也就是……就是那個吧？」

「就是叫你回家的路上要小心嘛！高須真是體貼，竟然好心提醒素不相識的學弟妹。」

北村的態度實在太悠閒了，讓幸太幾乎失去回嘴的力氣。小心夜路……這根本就是流氓常用的恐嚇方式嘛！應該是要幸太別隨便學人家英雄救美、要他作好心理準備。

「喔喔……！」

颼——背後感到一股寒意。為了那女孩遲早必須與高須對上——雖然幸太早有覺悟，但是一旦走到這地步，光是想起那個閃亮的危險視線，幸太就禁不住渾身發抖。

擁有那種瘋狂眼神的傢伙的確可能在夜路趁黑襲擊無辜的學弟。這種事情對他來說應該是跟吃飯一樣簡單吧？八成還會揮舞木刀準備幹掉我……

「明天見啦。」

無情的北村拋下害怕的幸太一個人快速步出校舍。幸太反射性想要叫住他——

「不行！」

他緊緊握住正要伸出去的手。

心裡出現她如夢似幻的表情。不是已經決定，即使遭遇不幸也要救出她嗎?那就不應該害怕高須的威脅，也不應該向北村求助。

逞強的幸太把活頁紙揉成一團，連位置都沒確認，就把紙團丟往垃圾桶所在的角落。

「哇哈哈!這樣就行了!被我丟掉了吧!」

「你好像很開心嘛!」

轉向那不愉快的聲音，才發現堇站在不遠之處。

「會長……妳在做什麼?」

「問得好。」

堇皺著眉繃著臉，頭頂上以驚人的平衡感頂著紙團：

「如果這是石頭，我早就頭頂噴出血來，死相悽慘的倒在一旁了吧?」

「嗯……如果是盤子，那就變成河童了吧?」

含糊點頭之後，幸太才注意到──堇頭頂上的東西，不就是剛才丟的……

「會長的運氣也不太好耶……一般人不會這麼厲害把垃圾頂在頭上吧?」

是是是，是我不好。堇一邊喃喃自語一邊走近，拿下頭上的紙團交給幸太──下次要丟進垃圾桶裡啊!這時幸太突然感到一股笑意。

「呵呵!剛剛會長的樣子……啊哈哈，就像這樣吧!」

戰勝高須的威脅——那股激昂的氣勢將幸太的情緒帶往奇妙方向。他把手上的紙團擺在頭頂，重新面向堇，重現那副愚蠢的模樣笑個不停。堇的表情沒有變化，只是看著幸太。雖然覺得有點不妙，但是——

「都已經十八歲了、哈哈哈哈哈，頭上還頂著垃圾——」

無法停止的大笑讓身體抖個不停，就算垃圾從頭上掉下來也停不住。

「哈哈哈哈、哈哈哈、哈哈……哈——啊！」

總算恢復呼吸，從笑到停止整整花了一分鐘。幸太彎下腰撿起垃圾，重新丟進垃圾桶裡。哎呀哎呀！他擦了擦因為笑得太厲害而冒出的汗水。

「那麼我先告辭了，再見。」

背對著堇，準備往家的方向前進——

「有什麼事？」

堇用力抓住他肩膀，翩然一笑：

「幸太呀……」

擁有生動笑容的日本娃娃，在幸太手裡放上一把鑰匙。

「這個是學生會辦公室的鑰匙。我現在正要到教務主任辦公室去，可是突然想起我忘記了一件很重要的事情。辦公室裡不是有個置物櫃嗎？那裡頭有將近一百本的歷屆學生會活動日誌，每一本都必須用膠帶貼上活動年度才行。封面、封底都要貼，然後一目了然地排好。今天就要完成……麻煩你了，總務！」

「什麼？現在？我一個人？」

「是的。我明天早上要檢查，如果沒有完成……你知道下場吧？加油吧！」

「太強人所難了吧？」

「加油！」

美麗的雙眼皮靜靜閃著一個「怒」字，對著幸太揮舞雪白的手。

＊＊＊

花了三個多小時總算完成會長交待的任務。

天色全黑，早已不是傍晚。走出校門越過大馬路，來到了無人煙的住宅區街道時，已經是晚上了。

幸太快步走在街燈照耀的柏油路上。在回家的路上想起那句警告「小心夜路」……

既然決定要勇往直前，我怎麼會害怕呢？然而實際走上夜路時，很難不去注意四周的狀態。這裡平常都這麼安靜嗎？前後都沒有半個人影。

他不由得呆立在原地。

「不對……我什麼都沒做啊！」

幸太小聲告訴自己，毅然決然擺出一副要戰勝不安的表情。沒錯，沒什麼好在意的，也沒什麼好害怕的。雖然受到威脅，可是對方到目前為止也沒有任何舉動——

「唔哇！」

「喀！」樹叢裡發出聲音，幸太嚇了一跳，連忙跳開準備加速逃離時：

「喵～」

含糊的叫聲。

「什、什麼啊！原來是貓呀！」

黑色小貓從陰暗的樹叢裡探出頭來。咚～踏出來的貓腳只有前端是白色，就像穿了襪子一樣可愛。

小貓抬頭仰望鬆了口氣的幸太，再一次撒嬌喵喵叫，然後豎起尾巴，在幸太腳邊磨蹭。

那副模樣真是可愛到不行，幸太不禁忘了恐怖看得出神。伸出手指叫牠過來，小貓開心的把頭靠向腳踝。

「啊！別這樣別這樣，會沾到毛……對了！」

他想起便當裡還有剩下的炸竹莢魚尾巴。幸太就地蹲下，拿出書包裡的便當，一邊安撫伸出腳來不停叫著的小貓，一邊拿下包著便當的布巾打開蓋子，用手指捏起竹莢魚的尾巴。

幸太盤算著：制服沾到貓毛會很麻煩，而且也不能老在這裡陪牠玩，所以乾脆就把魚尾巴當作臨別的禮物，丟進小貓原本的樹叢裡吧！這樣小貓就會為了追魚尾巴回到樹叢，自己也能夠趁機回家。

「好好好，馬上給你喔！去吧！」

颼！他原先打算往斜前方丟，沒想到小貓的金色瞳眸卻看往幸太的背後。竹莢魚的尾巴從手中脫落，直直往正後方飛去。

不行！小貓無視幸太的阻止，準備朝尾巴飛去的方向，可是——

「喵……！」

身高只到幸太膝蓋附近的小貓突然倒豎全身的毛，膨脹成原來的三倍、縮起耳朵、拱起背部，然後邊發抖邊後退，接著就像彈起的毛球跳進樹叢。

「咦？你不要了嗎？」

到底怎麼了？幸太站起身，準備回頭撿起飛出去的竹莢魚尾巴——

「……」

說不出話。

她就站在那裡。

他所愛的女孩就站在那邊，竹莢魚的尾巴奇蹟似的黏在她的眉間。

「富家、幸太……」

低沉的呢喃……彷彿來自地底的平板音調。過於唐突的相遇，讓幸太連「必須趕快道歉！」的想法也飄散在黑夜之中。甚至問不出口：為什麼知道我的名字？

她的那雙眼，還有那個視線。

「我啊……原本打算放過你的——」

幸太慌亂不已而麻痹的腦袋有個角落想著——怪了……

長長的頭髮、美麗的臉蛋、嬌小的身材，毋庸置疑就是那個女孩——那個一心思念、被限制行動的女孩……可是為什麼？

「撞到我、踩爛我的三明治，似乎都不是故意的……再說你又是北村同學的學弟……我本來還想說，就勉為其難原諒你算了……」

在夜路上遇到猶如春風般的她，不曉得為何看來搖個不停。而且、而且——

「啊、啊、啊、啊……？」

站在她對面的自己，為什麼會抖個不停？

腳抖得無法動彈，就連聲音都發不出來。

「還有被你丟過來的罐裝咖啡打到頭，我也決定耐住性子把它喝掉就算了。畢竟北村同學拚命道歉，要我看在他的面子上放過你……現在想來，北村同學好像對你太好了……我也太寬宏大量了。」

她的影子輕輕延伸。

幸太全身僵硬，無意識向後退一步。

她的眼睛猶如充滿黑暗的洞穴。

幸太快要不能呼吸，拚命想搞清楚狀況。

「那、那個……咦？呃、咦？」

「高須竜兒也阻止我，說你是一年級新生，要我別太過分……我會出現在這裡，純粹只是偶然。美術作業一直做不完，才會弄到這麼晚才回家……然後你正好走在我前方……」

「奇、奇怪……」

幸太不禁以微弱的聲音自言自語：

「剛剛轉過頭時，我沒看到任何人啊……啊！該不會……對了，因為她太嬌小了，所以看不到……？」

雖說是自言自語，但似乎被嬌小的她聽見了。雪白的臉頰開始痙攣——這絕對不是什麼好預兆。

「是啊……嗯嗯，沒錯……的確。」

她緩緩拿下眉間的竹莢魚尾巴，盯著魚尾巴看了一秒，「哼！」笑了起來——

「——嚇啊！」

啪嘰！她以驚人的氣勢將魚尾巴甩到幸太腳邊，幸太急忙往後跳。竹莢魚尾巴像子彈一樣嵌在柏油路裡，樹叢裡的襪子小貓發現魚尾巴，正悄悄伸出顫抖的前腳——

「富家……幸太……」

細小的聲音猶如在地獄裡的惡魔豎琴，幼貓一驚，無聲收回貓腳。

「再怎麼寬宏大量，忍耐還是有限度的啊！」

她靜靜抬起頭，用視線貫穿幸太。

「噫……」

腳不聽使喚。

一屁股坐在地上。

那個人往下看的眼睛——充滿瘋狂的殺意。

閃耀的眼睛發出血腥味、彷彿飢餓的野獸釋放出狂亂光芒，這一切只為了訴說：「找到獵物了」——把你咬死之後吃下、撕裂你的肉從肚子開始吃起——

猙獰的低語是……

「饒不了你……」

隱沒在陰森的笑容裡。

咧開的血盆大口宛若猛虎——

「啊……？老……老虎……？啊？」

恐怖、殘暴、嬌小……可以擺在手上的大小……？

「……掌中……老虎……？」

思考瞬間一片空白。

少年的慘叫聲響徹夜晚的住宅區街道，最後消失得無影無蹤。

＊＊＊

早上七點十五分。

看不到其他學生的身影，只有幸太偷偷摸摸來到擺放二年級鞋櫃的出入口。

二年C班，最上面最左邊的女生鞋櫃。

他按照指示把雙手抱著的紙袋塞進鞋櫃。可是沒辦法全部塞進去，只好把紙袋拿出來，重新調整裡面的東西之後再塞一次。

車站北口「丸屋」每日限量十個的盒裝三明治、店內最受歡迎的番茄培根起司三明治、第二受歡迎的照燒雞肉三明治；還有當地便利商店才有的軟綿綿布丁，奶黃醬口味與咖啡牛奶口味；三盒香草優格；一公升盒裝牛奶。

他已經拚命確認過，內容物應該沒錯。

再次把塞得太滿的紙袋擠進鞋櫃裡，這下子總算進貢完畢。最後再次確認鞋櫃的位置，也確認一下姓名欄。

「哈……哈……」

幸太癱坐地上。她的確是活生生的「掌中老虎」傳說。因為她的名字，逢坂大河，大河……掌中尺寸的大河（註：日文的「大河」與「老虎」同音）學姊。

「是誰給她取這種無聊綽號的……？」

幸太連笑的力氣都沒有，只能無力蹲坐在掌中老虎的鞋櫃下方。鞋櫃裡的東西，全都是她要的賠罪禮。

「咦？幸太，這麼早你在這裡做什……」

聽到背後的聲音，幸太轉過頭。

「……噗！」

幸太愣愣仰望忍不住發笑的北村。

「你、你……的臉！這是逢坂的毒手吧！」

「看也知道……學長怎麼這麼早來……社團嗎？」

「是啊，社團、社團……噗！」

噗啊——哈、哈、哈、哈！北村用力狂笑，連口水都噴出來了，可是幸太連回他幾句的力氣也沒有。接下來還要暫時頂著這張臉過日子呢！

昨天晚上掌中老虎狠狠教訓過幸太之後，還壓住幸太的身體，「像你這種天生的蠢蛋！就靠風水的力量活下去吧！」

然後用油性奇異筆，以幸太的鼻子為中心，仔細畫上東西南北……下巴為北方，徒手畫出羅盤。這是擦也擦不掉、洗也洗不掉，絕對不會消失的「尋找幸福羅盤」。

「真的……好恐怖喔！她的確是老虎、是不能伸手觸碰的野獸。正因為她是危險人物，所以才會成為『傳說』吧……？學長姊全部都知道，才會煽動我去摸她對吧！」

「我們並沒那麼想啦！所以我才打算勸你，可是你不是要我們不要管你嗎？因此會長才要我們別插手。」

「你這傢伙、只要會長說什麼你都聽嗎？」

嗯，大致上是吧！北村蠻不在乎地點頭。

「……呼哈哈哈！」

又再度狂笑起來。

「還有啊！你那張臉，好像臉上長出屁眼！」

「你要笑就笑吧！反正把學長姊說的話當真的我是個笨蛋！話說回來，我知道掌中老虎的真正身分了……不過其他人又是怎麼回事？櫛枝學姊那些人……」

「櫛枝啊？別看她那個樣子，她可是逢坂最好的朋友喔！」

「朋、朋友……？那兩個人是朋友？真是嚇死人了。那……那個看來恐怖的高須學長跟掌中老虎又是什麼關係？他們也是朋友嗎？難、難道是……男朋友？」

一問到這件事，北村突然止住狂笑：

「你想知道嗎？可惜只有這點我不能告訴你。那兩人的關係才是真正的校園七大不可思議之一呢！」

「什麼意思？啊——算了算了！」

幸太十分清楚，自己只是被學生會的成員耍著玩罷了。

幸太憤然轉過身背對北村走開。反正我就是屁眼臉、就是諸事不順的倒楣鬼——！

「啊，幸太！等等！」

他頭也不回，完全無視北村的聲音繼續走。

「你不是摸到『掌中老虎』了嗎？如何？得到幸福了嗎？」

「——！」

無言跑上樓梯，用力忽視北村的問題——他連否定的答案都懶得回答。啊啊！沒錯，自己的確摸到掌中老虎了。她就坐在我身上，拿油性奇異筆貼近我的臉，想反抗的話只更加殘暴……完完全全輸給她——我竟然完全無法抵抗那麼嬌小的女孩子。

那個女孩子到底是何方神聖啊！我果然老是遇上奇怪的傢伙。擦去不甘心的眼淚，倒楣的幸太在走廊上全力奔跑，衝進理應沒人的教室裡。

「啊……」

雙手連忙遮住自己的臉——可是已經太遲了。

不知為何提早到校的幾個同學驚叫出聲，盯著幸太的臉。

這是當然啊！冷不防出現一個臉上有羅盤的同學，無論誰都會嚇一跳。幸太帶著自暴自棄的心情，索性也不遮掩被亂畫的臉，直接走向自己的座位。「唉！」這下子同學們更會排擠我吧……

「哇啊啊啊啊啊！富家，你那張臉是怎麼回事啊！」

「讓我看讓我看！你在幹嘛啊？」

幸太四周突然揚起開朗的笑聲，快步靠近的同學們伸出手指，不是要傷害他，而是取笑般地摸摸幸太的臉。

「啊！這個是……」

「咦？什麼什麼？怎麼回事？」

「說嘛！快點快點！怎麼會變成這樣？」

同學們圍在幸太的座位周圍，閃閃的目光正在期待幸太開口。大家正在等待，怎麼會變成這幅蠢樣，到底發生什麼事了？

「這個……其實啊……」

和這些探出身子的傢伙面對面，幸太由整件事的開頭快速說起。他們沒想到這一切比他們想像的還要驚人，隨著事情的發展，「咦——！」、「真的嗎？」、「好厲害！」等興奮回應的次數也跟著增加。

因為幸太可是和傳說中的掌中老虎對峙耶！

而且還摸到她了！

舊校舍的三樓——

「明天見！」、「喔！掰掰！」熱熱鬧鬧與同學道別，幸太快步走在走廊上。

他原本打算辭掉總務工作，不過現在前往學生會辦公室的腳絲毫沒有猶豫。心想：「再做一陣子吧！」自己還有些話想對那些壞心眼的學長姊說：

「我摸到掌中老虎了。

我遇上點好事了。」

雖然就算告訴他們自己遇上好事，堇還是會嘲笑說「不過是那種小事」……延遲入學至今已經一個月，總算認識能夠一起聊天的朋友。對幸太來說，他寧可相信這是「掌中老虎」所帶來的幸運。他覺得光是今天自己笑的次數，就是從入學到昨天為止的三倍。

所以幸太帶著比平常明亮的眼神推開那扇熟悉的門。他有預感，日子似乎將會有個全新的開始——

「很抱歉我遲到……唔哇！」

眼睛瞬間被一閃而逝的眩目光亮照到，連忙遮住臉。剛才究竟是……

「閃、閃光燈？」

「答對了！再拍一張做紀念！」

眼睛才睜開一條縫，手拿數位相機的堇從正面再度拍了一張；在她背後的是一如往常埋首工作的二年級書記跟總務，還有——

「拍得真好啊！會長！」

在堇身旁拍手的北村。

「你……你們在幹什麼？」

「聽說你的臉很好笑，所以要拍照留念……呀！不過真的……噗呼！那張臉！」

啊——哈、哈、哈、哈、哈、哈！哇啊——哈、哈、哈、哈、哈！

比平常更MAN兩倍的笑聲響徹整個辦公室。果然是這樣。就在幸太即將氣餒——

「啊——真好笑真好笑！既然拍了紀念照，快用這個把臉洗掉吧！」

堇擦著淚，同時拋給幸太一個小小的軟膏。

「這是什麼……？」

「據說是市售產品中最能夠卸乾淨的卸妝油。就連指甲油也擦得掉喔！如果還不行，就去找皮膚科吧。拿去！還有這個！」

毛巾也飛了過來——堇推著幸太的背。要是平常的話，幸太會順著她的話說：「是是是，我知道了。」不過這次——

「會長……」

幸太轉頭。

「幹嘛？」

「妳人真好！」

呆——堇的眼睛圓睜，忘記回應的嘴唇微微張開——幸太直接走出辦公室。來到走廊之後擺出勝利姿勢。

「贏了……！」

竟然能夠讓堇露出那個表情……第一次難倒「大哥大」、讓她說不出話了吧。

覺得今天的狀況很不錯。雖然臉上帶著全方位的羅盤，還是覺得今天過得挺順利的。搞不好摸過掌中老虎真的能轉運。不過她實在太恐怖了，已經不想再和她有任何牽扯。

「不過美女還是美女。」

近距離看到的掌中老虎雖然可怕，但還是最高級的美少女。自己似乎多少可以理解學長姊幫她取那種綽號的心情——恐怖、不想和她有關係、不想激怒她，但也沒辦法因為害怕而無視她的存在。

沒辦法無視她的話，就「大家」一起站得遠遠欣賞她的美麗吧——不爭先恐後，一起從安全距離觀賞。跨過安全範圍的話就會被攻擊。幸太在一無所知的情況下超出安全範圍，結果就是這個羅盤臉之刑。

既然已經知道一切了，幸太打算怎麼做呢？

好好躲在安全範圍裡。

不管這個倒楣的自己會因為怎樣的不幸而招致怎樣的事態，他都決定待在不惹掌中老虎生氣的距離，偷偷看著她。安全範圍待起來感覺也不差——帶著這種奇妙的心情，高中生活終於要正式開始了。

幸太哼著歌，高興來到走廊的洗手台，使勁打開窗子，結果用力過猛——

「糟了……！」

堇給他的軟膏掉出窗外。幸太連忙從窗戶探身一看——僵硬、凍結。果然是這樣……就算身處於安全範圍，霉運還是能夠輕鬆越過安全範圍……

「啊、啊哇、啊哇哇……」

打開的窗子底下——

小手拿著軟膏，另一隻手摸著頭，臉上帶著猙獰的表情，抬頭看向幸太的人正是——

完

後記

我就是腰部正在順利增肥的ゆ字頭。口頭禪是「就以相撲來一決勝負吧！」、想要的東西是土俵（註：相撲比賽時的場地）、必殺技是突進推擊。我已經完全沉溺於這種……下半身的安定感了吧？應該是先胖先贏吧？（給相撲力士訓練場相關人員的訊息）

真是非常感謝各位購買《TIGER×DRAGON2!》的讀者！總覺得第二集有點殺氣騰騰，不曉得各位還喜歡嗎？也請各位繼續支持下一集喔！只要能夠讓各位看得開心，就算要我把身為女人最重要的東西（肌膚年齡）賣給戀愛小說的惡魔也沒關係……！丟掉這個也沒關係！扔！（女性荷爾蒙）

我想已經有很多人知道了，《我們倆的田村同學》將變成漫畫刊載在《電擊コミックガオ！》。我也很期待田村等人能夠在漫畫的領域上所表現出的青澀模樣喔。連同《TIGER×DRAGON!》在內，還請各位多多指教。

我依然沉迷於鱈魚子義大利麵。這可不是隨便煮煮，而是每天都好吃到令人發抖……已經好吃到變態的地步了？然後因為只有冬天才有的關係，讓我更加瘋狂增肥的，就是肉包界的寶石——超好吃叉燒包。那個……嗯，那個……叉燒包……應該說是叉燒包們……（複數形）。一天吃兩三個叉燒包，不肥才怪。不過我可沒有就這樣放任自己肥下去！減肥——我試了碳水化合物減肥法。準備了一個星期份的菜單，但是才經過一天，腦袋裡能想到的就只有米而已！整個腦袋只有米，全部都是那個白白、有彈性、甜甜~的傢伙。接到責任編輯打來的電話時，腦袋動不了，嘴巴也無法回答……正因為如此，還是算了吧！責任編輯也說：「已經形成工作上的阻礙，請別再繼續了。」所以我再也不碰限制飲食的減肥法，我再也不想流下那麼痛苦的淚水！這也讓我再次確認自己對米飯的愛……啊！愛、米……戀愛、小說（註：「愛．米」的日文發音與「戀愛小說」相同）……？想到這種莫名其妙之事的我還是剃光頭比較好吧……？

接下來要感謝一路支持我的各位讀者！再一次，誠心誠意感謝你們！我愛你們愛到想把各位介紹給我的爸媽。如果我的作品能夠帶給各位一些樂趣，就是我最大的幸福。另外，ヤス老師、責任編輯，老是麻煩你們，今後也讓我們三人同心協力一起加油吧！請多指教！然後是這一次於百忙之中特地抽空在書腰上寫評語的奈須きのこ老師，真是謝謝您！就算要我穿上竹宮家代代相傳的正式服裝（頭上綁著髮髻）讓奈須老師看都沒問題……

竹宮ゆゆこ

Kadokawa Fantastic Novels

艾莉森Ⅰ
作者／時雨沢惠一　插畫／黑星紅白
ISBN986-766-477-9
淘氣女飛官艾莉森與乖乖牌優等生維爾，為了尋找吹牛老爺爺所說之「可以結束洛克榭和斯貝伊爾兩國之間戰爭的寶物」，踏上了一段不可思議的飛翔冒險之旅。

艾莉森Ⅱ
作者／時雨沢惠一　插畫／黑星紅白
ISBN986-718-968-X
艾莉森與維爾為了冬季研修而一起旅行，他們來到某個村莊，那兒的村民們起初表現得十分親切，哪知喝了他們的奉茶後竟然昏倒而被綁架。其實這個村子是……？

艾莉森Ⅲ〈上〉車窗外的路妥尼河
作者／時雨沢惠一　插畫／黑星紅白
ISBN986-742-708-4
維爾和艾莉森接受班奈迪所贈送之橫越大陸、連接兩國的鐵路首航之旅，心中雖不解，但仍十分享受這趟豪華旅程。沒想到車上的服務員竟接連遭到殺害……！

艾莉森Ⅲ〈下〉名爲陰謀的列車（完）
作者／時雨沢惠一　插畫／黑星紅白
ISBN986-174-024-4
在不知犯人是誰的情況下，維爾和艾莉森只好跟著班奈迪與史托克少校一起回去，而後又發生了更多事件……！喧騰一時的〈上〉集所留下的伏筆，究竟是什麼？

莉莉亞&特雷茲Ⅰ　於是兩人踏上旅途〈上〉
作者／時雨沢惠一　插畫／黑星紅白
ISBN986-174-097-1
15歲的莉莉亞，在暑假的某日與同年玩伴特雷茲結伴旅行，卻在旅途中遭遇不少波折……《奇諾の旅》時雨沢惠一&黑星紅白聯手獻上的新系列冒險故事！

莉莉亞&特雷茲Ⅱ　於是兩人踏上旅途〈下〉
作者／時雨沢惠一　插畫／黑星紅白
ISBN986-174-118-6
特雷茲與莉莉亞一起踏上旅途。兩人一時興起在當地參加水上觀光飛行，怎知卻莫名其妙地被數架飛機追殺，並不知不覺捲入了一場陰謀——！

莉莉亞&特雷茲Ⅲ　伊庫司托法最長的一日〈上〉
作者／時雨沢惠一　插畫／黑星紅白
ISBN986-174-200-X
莉莉亞與艾莉森受特雷茲之邀前往伊庫司托法過年。為了讓小倆口單獨相處，艾莉森刻意獨自上街。特雷茲原想藉機說出自己的真實身分，沒想到跨年夜瞬間變色！

Kadokawa Fantastic Novels

莉莉亞&特雷茲Ⅳ 伊庫司托法最長的一日〈下〉
作者／時雨沢惠一　插畫／黑星紅白

ISBN986-174-2301-1

伊庫司的女王以及她的夫婿竟然被綁架了!?剛歡度新年的莉莉亞與特雷茲為了救出女王而潛入王宮，但沒想到陰謀的背後竟然隱藏一個媲美歷史性大發現的秘密！

涼宮春日的憂鬱
作者／谷川　流　插畫／いとうのいぢ

ISBN986-7427-88-2

第八屆「Sneaker」大賞受賞作。校內第一怪人涼宮春日，組了個「為了讓世界變得更熱鬧的SOS團」，而外星人、未來人與超能力者皆應涼宮的願望出現了？

涼宮春日的嘆息
作者／谷川　流　插畫／いとうのいぢ

ISBN986-7299-20-5

率領SOS團的涼宮春日，這次把歪腦筋動到校慶去了！只要她隨口一句，那些外星人、未來人、超能力者就會吃盡苦頭——暴走度NO.1的校園故事再次展開！

涼宮春日的煩悶
作者／谷川　流　插畫／いとうのいぢ

ISBN986-7299-53-1

一無聊就會發動異常能量的涼宮春日，這次又突發奇想，號召SOS團參加棒球大賽、舉辦七夕許願活動、前往孤島合宿……瘋狂SF校園喜劇第三彈！

涼宮春日的消失
作者／谷川　流　插畫／いとうのいぢ

ISBN986-7189-18-3

聖誕節即將來臨的某一天早上，突然變得不太尋常。教室一如往昔，座位也沒有改變，可是涼宮卻不在我後面的座位上…光怪陸離、超脫現實的校園系列第四集！

涼宮春日的暴走
作者／谷川　流　插畫／いとうのいぢ

ISBN986-7189-80-9

當學生的總希望快樂的暑假永遠不要結束。可是當這樣的願望成真時，竟變成一個永無止境的大災難!?「五」入歧途的阿虛苦難系列安可上演！

涼宮春日的動搖
作者／谷川　流　插畫／いとうのいぢ

ISBN986-174-048-1

一向唯我獨尊的涼宮春日，在校慶當天竟然日行一善當起救火隊來……更意外的是，居然有人向長門告白……日本熱賣三百萬部之涼宮系列，第六彈動感上市！

Kadokawa Fantastic Novels

奇諾の旅Ⅵ the Beautiful World

作者／時雨沢惠一　插畫／黑星紅白

ISBN986-7427-89-0

等待出境的奇諾與漢密斯遇到一名男子。那男子說過去殺了人，為了乞求原諒便跟一名女性出來旅行。（「她的旅行」）。收錄共11話的內容。

奇諾の旅Ⅶ the Beautiful World

作者／時雨沢惠一　插畫／黑星紅白

ISBN986-7299-19-1

奇諾與漢密斯遇見了「移動之國」並入境。而那個「移動之國」前往的地方還有個「禁止通行之國」，之後……（「困擾之國」）。收錄共8話的內容。

奇諾の旅Ⅷ the Beautiful World

作者／時雨沢惠一　插畫／黑星紅白

ISBN986-7299-71-X

奇諾與漢密斯拜訪一個國家，該國全體國民都有戴「眼鏡」的義務，而那付眼鏡是用來……（「無法做壞事之國」）等。超人氣系列作品最新作!!

奇諾の旅Ⅸ the Beautiful World

作者／時雨沢惠一　插畫／黑星紅白

ISBN986-174-027-9

奇諾跟漢密斯抵達一個城牆連綿不斷的大國，他們一直沿著城牆行駛尋找入境的城門，可是……（「城牆的故事」）。收錄共15話的內容。

灼眼的夏娜1

作者／高橋彌七郎　插畫／いとうのいぢ

ISBN986-7299-88-4

電擊遊戲小說大賞受賞作家高橋彌七郎的校園奇幻故事。當平凡的高中男生遇上炎髮灼眼的少女時，他的日常生活被脫軌失序的異世界取代……

灼眼的夏娜2

作者／高橋彌七郎　插畫／いとうのいぢ

ISBN986-7189-67-1

存在喪失者悠二，藉由體內的寶具「零時迷子」，得以過著正常人的生活。夏娜想以自己的方式為悠二打氣，可惜一再弄巧成拙。此時，另一名火霧戰士現身了……

灼眼的夏娜3

作者／高橋彌七郎　插畫／いとうのいぢ

ISBN986-174-002-3

貌似柔弱的吉田一美正式對夏娜宣戰！而擾亂她們心緒的悠二，察覺到一片陰影籠罩著天空，這正是「紅世使徒」所釋放出來，名為「搖籃花園」的詭異封絕。

Kadokawa Fantastic Novels

灼眼的夏娜4
作者／高橋彌七郎　插畫／いとうのいぢ
ISBN986-174-028-7

由特殊封絕『搖籃花園』現身的蘇拉特與蒂麗亞，是覬覦夏娜持有的「贄殿遮那」而來的「紅世使徒」。夏娜為了殲滅眼前的敵人，躍向閃耀著詭異金黃色的天空!!

灼眼的夏娜5
作者／高橋彌七郎　插畫／いとうのいぢ
ISBN986-174-064-3

「決定了！我一定要成為火霧戰士！」奇才・高橋彌七郎在本集獻上「灼眼的夏娜」誕生時的精采秘辛，文末還收錄插畫家いとうのいぢ 老師的鉛筆草圖集。

灼眼的夏娜6
作者／高橋彌七郎　插畫／いとうのいぢ
ISBN986-174-117-8

本集故事又拉回夏娜與吉田一美爭奪悠二的主軸。兩女之間的戰爭趨於白熱化！當人稱「調音師」的火霧戰士出現在三人面前之際，一切開始運轉。

灼眼的夏娜7
作者／高橋彌七郎　插畫／いとうのいぢ
ISBN986-174-154-2

得知悠二已死的事實，吉田一美絕望地逃離，悠二卻追上前去……另一方面，又一名「紅世魔王」侵襲御崎市，三名火霧戰士對其嚴密防禦竟然束手無策……

灼眼的夏娜8
作者／高橋彌七郎　插畫／いとうのいぢ
ISBN986-174-229-8

教授與多米諾進行的「實驗」，因為夏娜一行人的阻撓而宣告失敗。沒想到回復日常生活的他們，再次面臨全新的敵人，正是稱之為「期末考」這個大考驗……

今天開始魔の自由業！
作者／喬林　知　插畫／松本手毬
ISBN986-7427-59-9

平凡的高中生澀谷有利，被馬桶的急促水流帶到了充滿歐洲風格的異世界！還莫名其妙成為真魔國的魔王？讓你笑破肚皮的刺激奇幻冒險小說，堂堂登場囉！

這次是魔の最終兵器！
作者／喬林　知　插畫／松本手毬
ISBN986-7427-87-4

一不小心就當上魔王的有利，為了尋找魔王的最終兵器——魔劍，踏上了尋劍之旅，卻遇到了不少窘境！絕對讓你捧腹大笑的奇幻冒險小說，再度登場！

Kadokawa Fantastic Novels

今夜是魔の大逃亡！
作者／喬林 知　插畫／松本手毬

ISBN986-7299-21-3

有利陰錯陽差又回到了真魔國，這次的任務是尋找能夠呼風喚雨的魔笛！不料，竟跟古恩達被誤會成情侶!?讓你捧腹大笑、High到最高點的奇幻冒險小說第三集！

明天將吹起魔の大風暴！
作者／喬林 知　插畫／松本手毬

ISBN986-7299-72-8

一名自稱是「魔王之胤嗣」的少女出現，破壞了有利在真魔國的平靜生活。對了，什麼是胤嗣啊？咦，私生子？我的!?傳說中高潮迭起的奇幻冒險故事第四集！

閣下與魔の愛的日記!?
作者／喬林 知　插畫／松本手毬

ISBN986-7299-97-3

雲特閣下妄想失控所寫出來的《陛下狂愛日記》，經眾人口耳相傳大受好評，竟然有真魔國的出版社要幫他出書！令人捧腹大笑的高潮幻想作品，豁出去的特別篇！

這次必是魔の旭日東昇！
作者／喬林 知　插畫／松本手毬

ISBN986-7189-48-5

盛夏在海邊打工期間，有利再度漂流到了真魔國。但這次前來迎接的肯拉德等人態度有點不對勁，而後有利竟然還被轉送到敵國的市中心！令人驚愕的新發展！

來日將是魔の日落黃昏！
作者／喬林 知　插畫／松本手毬

ISBN986-7189-81-7

陷入危機的有利與村田，橫越與魔族為敵的國家西馬隆！雲特的靈魂成了阿菊娃娃跟雪兔、長男被艾妮西娜搞得暈頭轉向、三男為愛萬里尋夫！波濤洶湧的發展！

滿天飛舞魔の雪花片片！
作者／喬林 知　插畫／松本手毬

ISBN986-174-035-X

為了取回傳說中打開就會帶來災厄的禁忌盒子「風止」，有利參加四年一度的「天下第一武鬥會」。一路上陪伴著我的村田健，其真實身分竟然就是……!?

遍地散落魔の星光點點！
作者／喬林 知　插畫／松本手毬

ISBN986-174-063-5

順利通過筆試及駕車競速，有利終於得以參加「天下第一武鬥會」決賽。不過，最後的決戰對手竟然是──肯拉德！超精采的緊張刺激奇幻故事！

Kadokawa Fantastic Novels

目標乃是魔の海角天涯！
作者／喬林 知　插畫／松本手毬
ISBN986-174-102-X

回到地球的有利又從學校游泳池流回了真魔國啦！但才剛抵達，長年處於鎖國狀態的聖砂國就有所行動……超人氣系列作品，眾所期待的新章堂堂登場！

此乃邁向魔の第一步！
作者／喬林 知　插畫／松本手毬
ISBN986-174-102-X

高中生魔王澀谷有利跟負責護衛的約札克、小西馬隆王薩拉列基，以及大西馬隆的使者肯拉德，前往神族居住的聖砂國這趟船旅。但是這時候卻出了意外……！

俏千金的魔の尋寶記！
作者／喬林 知　插畫／松本手毬
ISBN986-174-176-3

既是富家千金、又是神秘「寶藏獵人」的艾普莉・葛雷弗斯，接到了一個跟死去的祖母守護的禁忌盒子「鏡之水底」有所關連的委託工作……

伊里野的天空、UFO的夏天1
作者／秋山瑞人　插畫／駒都えーじ
ISBN986-7299-99-X

園原中學二年級的淺羽直之，在學校的游泳池畔，邂逅了一個手腕上埋有金屬球體，名叫「伊里野加奈」的少女。而他們兩人之間的奇妙因緣也從此開始……

伊里野的天空、UFO的夏天2
作者／秋山瑞人　插畫／駒都えーじ
ISBN986-7189-85-X

淺羽直之與伊里野加奈初次約會，但跟蹤他們的有一個、兩個、三個人…結果當然不是平安結束，還發生了「很不平安」的事件…本集收錄3個單元＋特別番外篇。

伊里野的天空、UFO的夏天3
作者／秋山瑞人　插畫／駒都えーじ
ISBN 9861740651

將淺羽捲入的三角關係仍在進行中，伊里野與晶穗的正面對決終於來臨！最後決戰地點就是「鐵人屋」…！收錄大受好評的四篇作品集結而成的小說故事第三彈！

伊里野的天空、UFO的夏天4（完）
作者／秋山瑞人　插畫／駒都えーじ
ISBN 986-174-157-7

淺羽和伊里野逃了出來。等候在他們前方的是小小的幸福，以及足以將這份幸福壓垮的各種困難。疲憊的淺羽帶著逐漸崩潰的伊里野，最後抵達的地點是……

Kadokawa Fantastic Novels

我們倆的田村同學1

作者／竹宮ゆゆこ 插畫／ヤス

ISBN986-174-179-6

在「國中最後的夏天」裡，一定要談一場轟轟烈烈的戀愛！電波美少女松澤小巻，和冰山美人相馬廣香——平凡的田村同學，要如何在這場愛情喜劇做出抉擇呢？

我們倆的田村同學2

作者／竹宮ゆゆこ 插畫／ヤス

ISBN986-174-231-1

平凡的田村同學和看來高傲的冰山美人・相馬廣香發生初吻的同一日，竟然收到久無音信的電波美少女・松澤寄來之明信片！三人糾纏不清的戀情將何去何從!?

TIGER×DRAGON!

作者／竹宮ゆゆこ 插畫／ヤス

ISBN986-174-204-2

眼神凶惡的高須竜兒，遇上凶暴殘忍的「掌中老虎」逢坂大河，還知道了她不欲為人知的秘密。就在某天放學的事件結束之後，高須竟然成了對逢坂唯命是從的狗!?

TIGER×DRAGON2!

作者／竹宮ゆゆこ 插畫／ヤス

ISBN978-986-174-284-7

意外的轉學生現身！她就是北村的青梅竹馬——川嶋亞美。同時也是時裝模特兒的亞美，不知為何竟然急速接近竜兒？卷末收錄番外篇「幸福的掌中老虎傳說」。

七姬物語 第一章

作者／高野和 插畫／尾谷おさむ

ISBN986-174-258-1

七姬空澄是賀川城所推舉出來的公主殿下。就在她微服出巡的時候，賀川城突然遭到四姬琥珀姬的大軍攻擊。落難的空澄姬此時終於體會「七姬」的真意……

GOSICK 1

作者／櫻庭一樹 插畫／武田日向

ISBN986-174-267-0

來自東方的留學生久城一彌與老是待在學校圖書館的貴族天才維多利加，在陰錯陽差之下搭上幽靈船〈QueenBerry號〉。他們是否能運用智慧解開「混沌」呢？

糖果子彈 A Lollypop or A Bullet

作者／櫻庭一樹 插畫／むー

ISBN978-174-162-3

只想趕快畢業、步入社會的山田渚，和自認為是人魚的轉學生海野藻屑，在真實與謊言、現實與幻想交織的青春片段。《GOSICK》作者櫻庭一樹的新感覺小說！

國家圖書館出版品預行編目資料

TIGER×DRAGON2! / 竹宮ゆゆこ作 ; 黃薇嬪譯.
. --初版. - 臺北市 :臺灣國際角川,2007-[民96-]
冊； 公分.- (Kadokawa fantastic novels)
譯自：とらドラ!

ISBN 978-986-174-284-7(第2冊 : 平裝)

861.57 96001232

Kadokawa
Fantastic
Novels

TIGER×DRAGON 2！

（原著名：とらドラ2！）

2007年2月27日 初版第1刷發行
2022年1月25日 初版第10刷發行

作　　者：竹宮ゆゆこ
插　　畫：ヤス
日版設計：荻窪裕司
譯　　者：黃薇嬪

發 行 人：岩崎剛人
總 編 輯：蔡佩芬
主　　編：朱哲成
設計指導：陳晞叡
印　　務：李明修（主任）、張加恩（主任）、張凱棋

發 行 所：台灣角川股份有限公司
地　　址：104台北市中山區松江路223號3樓
電　　話：（02）2515-3000
傳　　真：（02）2515-0033
網　　址：www.kadokawa.com.tw
劃撥帳戶：台灣角川股份有限公司
劃撥帳號：19487412
法律顧問：有澤法律事務所
製　　版：尚騰印刷事業有限公司
ISBN：978-986-174-284-7